Marcus Tullius Cicero, Friedrich Richter

Ciceros Rede für P. Sulla

Antigonos

Marcus Tullius Cicero, Friedrich Richter

Ciceros Rede für P. Sulla

Unveränderter Nachdruck der Originalausgabe von 1869.

1. Auflage 2024 | ISBN: 978-3-38613-175-9

Antigonos Verlag ist ein Imprint der Outlook Verlagsgesellschaft mbH.

Verlag: Outlook Verlag GmbH, Zeilweg 44, 60439 Frankfurt, Deutschland, info@outlook-verlag.de
Vertretungsberechtigt: E. Roepke, Zeilweg 44, 60439 Frankfurt, Deutschland
Druck: Libri Plureos GmbH, Friedensallee 273, 22763 Hamburg, Deutschland

CICEROS

REDE FÜR P. SULLA.

FÜR DEN SCHULGEBRAUCH

HERAUSGEGEBEN

VON

FR. RICHTER.

LEIPZIG,
DRUCK UND VERLAG VON B. G. TEUBNER.
1869.

VORWORT.

Die Rede für P. Sulla habe ich nach denselben Grundsätzen bearbeitet, wie zunächst vorher die Catilinarien und das vierte und fünfte Buch der Verrinen. Weil diese Ausgabe für die Schule bestimmt ist, habe ich den Text der Rede zwar mit der möglichsten Sorgfalt revidirt, aber mit der höchsten Vorsicht geändert, so dass ich in einigermassen mir zweifelhaften Fällen mein Urtheil lieber der anerkannten Autorität Anderer unterordnete. Auskunft darüber giebt ausser gelegentlichen Bemerkungen in der Erklärung ein kritischer Anhang. In der Einleitung bin ich diesmal vielleicht in einem Punkte von dem knappen Masse, das ich mir für dieselbe vorgeschrieben, etwas abgewichen. Ich habe die besondere Existenz einer *lex Lutatia de vi*, weil diese noch immer einen Streitpunkt unter den Gelehrten abgiebt, gegen C. G. Wächter u. a. mit C. F. Hermann, W. Rein u. a. nachzuweisen gesucht. Die Erklärung soll in kürzester Form alles bieten, was zum Verständniss der Rede dem Schüler nöthig ist, auch wenn er sie privatim liest; denn dazu eignet sie sich ihrem Inhalt und ihrer Form nach, namentlich wenn schon die Lectüre der Catilinarien oder Sallust's in der Klasse vorausgegangen ist. Wenn ich auch mit Dank benutzt habe, was andere mir vorgearbeitet, besonders K. Halm in seinen verschiedenen Ausgaben, so ist mir dies doch immer nur Mittel und Ausgangspunkt zu

weiterer Prüfung gewesen, die nicht erfolglos geblieben ist;
denn ich glaube manches Neue bemerkt zu haben, was sich
bewähren wird. Weil endlich Recensenten der früher von
mir herausgegebenen Bücher zu häufige Angabe von Ueber-
setzungen in der Erklärung gerügt haben, so habe ich auch
darauf noch grössere Achtsamkeit verwandt und an Stellen,
wo ein Missverständniss mir möglich schien oder schon
vorgekommen war, lieber in anderer Weise nachgeholfen,
wie durch Entwickelung des Zusammenhangs der Gedanken,
ohne doch eine vollständige Disposition zu geben. So hoffe
ich, dass Lehrer und Schüler, die meine Ausgabe gebrauchen,
sie nicht, ohne Nutzeu daraus gezogen zu haben, wieder
aus den Händen legen werden.

Rastenburg, Februar 1869.

Friedrich Richter.

EINLEITUNG.

1. Am 5. December 63 war der Praetor P. Cornelius Lentulus, dem Catilina bei seinem Abgange zum Heere der Aufständischen in Etrurien die Leitung der Verschwörung in der Hauptstadt übertragen hatte, mit vier anderen[1]) auf Befehl des Consuls Cicero unter Zustimmung des Senats hingerichtet worden; zu Anfang des J. 62 war Catilina selbst in der Schlacht bei Pistoria, j. Pistoja, gegen den anderen Consul Antonius gefallen; der Aufstand war unterdrückt. In den nächsten Monaten desselben Jahres wurden noch manche Mitverschworene vor die gewöhnlichen Gerichte gezogen. Schon waren die Senatoren P. Autronius Paetus[2]), die Brüder Servius und Publius Sulla, Söhne eines sonst unbekannten Servius Sulla[3]), M. Porcius Laeca, in dessen Hause Catilina seine Genossen zum letzten Male versammelt hatte, ehe er zum Heer abging[4]), L. Vargunteius, der in dieser Nacht mit dem Ritter C. Cornelius die Ermordung Cicero's bei der üblichen Morgenvisite *(salutatio)* übernommen hatte[5]), und der Ritter Cornelius, der sich zuerst dazu erboten[6]), verurtheilt und mit Verbannung bestraft worden. Mit einem gleichen Schicksal wurde auch dieser Sulla bedroht, den Cicero in der vorliegenden Rede vertheidigt hat.

---

1) Darunter der in d. R. öfters erwähnte Senator C. Cornelius Cethegus.

2) Ueber ihn später Einl. 3 f.

3) Sall. Cat. c. 17. In Verwechslung mit unserem Sulla nennt man sie Bruderssöhne des Dictators.

4) s. §. 52 d. R. Sall. Cat. 27.

5) Nach Sall. Cat. 28. Da aber Cicero den Mordplan zweien Rittern zuschreibt, in Catil. I §. 9, so vermuthet man wohl mit Recht, dass Vargunteius in dem §. 6 d. R. erwähnten Process *de ambitu* verurtheilt seinen Senatorenrang verloren hatte. Irrthümlich macht man ihn zu Cicero's Collegen in der Quaestur.

6) s. §. 52 d. R. und Sall. l. c. *Igitur perterritis ac dubitantibus ceteris, C. Cornelius eques R. operam suam pollicitus et cum eo L. Vargunteius senator.*

2. P. Cornelius Sulla war ein naher Verwandter, vielleicht ein
Bruderssohn[7]) des Dictators L. Sulla. Als dieser die Güter der
Proscribirten meistbietend verkaufen liess und an Verwandte,
Freunde und Günstlinge oft zu Spottpreisen weggab, benutzte der
Neffe die günstige Gelegenheit sich zu bereichern; doch rettete er
damals auch, wie wenigstens sein Vertheidiger rühmt, vielen durch
sein Fürwort das Leben. Beides lässt sich vereinigen, man muss
nur nicht in dem einen besondere Herzenshärtigkeit suchen, durch
das andere grosse Milde und Barmherzigkeit beweisen wollen.
Persönlich vielleicht unbedeutend, aber ein Mitglied der herr-
schenden Familien und obendrein reich, konnte Sulla in den vor-
nehmen Zirkeln jener Tage ein glänzendes Haus machen; aber für
die Nachwelt wäre sein Name mit so vielen anderen verschollen
und vergessen, wenn nicht ein Ereigniss in seinen mittleren Lebens-
jahren über diesen Glanz einen trüben Schatten geworfen, den
sonst leidlichen, vielleicht nur zu sehr nach Geld und Gut trach-
tenden Mann aus seiner behaglichen Ruhe gerissen, den Unzufrie-
denen zugesellt und der wildesten, verzweifeltsten Schritte wenigstens verdächtig gemacht hätte.

3. Nachdem er die Stufenreihe der niederen Aemter durch-
laufen — ohne besonderen Makel und Ruhm, denn Ankläger und
Vertheidiger schweigen darüber —, bewarb er sich im J. 66 um
das Consulat. Er wurde gewählt, mit ihm P. Autronius Paetus;
aber beide designirte Consuln wurden wegen Amtserschleichung
(ambitus) angeklagt und verurtheilt[8]). Nach den strengen Bestimmungen der *lex Calpurnia*, die im Jahre vorher 67 gegeben war,
um dem zunehmenden Unfug des Stimmenkaufs Einhalt zu thun,
wurden sie nicht blos mit Geld gebüsst, sondern auch auf immer
für unfähig zu allen Aemtern erklärt. Zugleich verloren sie Sitz
und Stimme im Senate und damit auch die äusseren Auszeichnun-
gen in der Tracht, den *latus clavus* an der Tunica und den *calceus
senatorius* mit der elfenbeinernen *lunula*, nebst anderen Standes-
vorrechten, wie der Befugniss, die Wachsmasken der Vorfahren
(imagines maiorum) festlich auszustellen und selbst einst ein *funus
imaginarium* zu erhalten[9]). Sie erlitten 'also eine Einbusse an der
Ehre und den politischen Rechten, *infamia* und *capitis deminutio*,
mit Verlust des *ius honorum* und *ius imaginum.* Und an ihre Stelle
wurden sodann ihre Mitbewerber L. Aurelius Cotta und L. Manlius

---

7) So Dio Cass. 36, 27; dagegen Cic. de Off. II §. 29: *quam* (hastam
auctionariam) *P. Sulla quum vibrasset dictatore propinquo suo, idem
sexto tricesimo anno post a sceleratiore hasta non recessit.*

8) Cic. frg. or. Cornel. p. 74 Or.: *ut spectaculum illud re et tempore
salubre ac necessarium, genere et exemplo miserum ac funestum videremus.*

9) s. §. 88 d. R. Beckers Handb. der röm. Alt. II, 1, 232.

Torquatus, welche die Anklage betrieben oder selbst [10]) erhoben hatten, zu Consuln für 65 gewählt. So nahe schon dem höchsten Ziel des Ehrgeizes und wieder so tief herabgestürzt und hoffnungslos, und dies für ein Vergehen, das gesetzlich zwar gestraft, durch die Sitte aber fast entschuldigt wurde, unter Mitwirkung von Rivalen, die nun selbst den Siegespreis davontrugen, — das musste erbittern, das konnte selbst einen schwachen Charakter zu ungewohnter Energie anspornen, und Sulla hatte einen Leidensgefährten, der nach dem Bilde, das Cicero von ihm giebt, zu jedem Wagstück bereit, jeder Frevelthat fähig war [11]).

4. Autronius hatte schon die gerichtlichen Verhandlungen, wie es in jener Zeit öfters vorkam, durch Lärm gedungener Haufen, Auflauf und Steinwürfe stören wollen. Verurtheilt unterwarf er sich nicht resignirt seinem Geschicke, sondern trug seine Erbitterung in Mienen und Worten zur Schau. Auch fand er einen gleich gestimmten und gleich verwegenen Gesellen in L. Sergius Catilina, der nach einer stürmisch verlebten Jugend in demselben Jahr 66 von dem mit der Leitung der Wahlcomitien beauftragten Consul L. Volcatius Tullus zur Bewerbung um das Consulat nicht zugelassen war und sich obendrein mit einer Anklage wegen Erpressungen *(repetundarum)* aus seiner Statthalterschaft Africa bedroht sah. Diese beiden sollen — untersucht und erwiesen ist es nicht — zu Anfang December 66 [12]) sich mit Cn. Piso, einem jungen Wüstling, dem sein Ehrgeiz und seine Verwegenheit, wie seine Dürftigkeit Unruhen im Staate erwünscht machten, zu dem tollen Anschlage verbündet haben, die neuen Consuln Torquatus und Cotta beim Amtsantritte am 1. Januar 65 auf dem Capitol, wo sie nach der Sitte dem Jupiter ein Opfer bringen und die erste Senatssitzung abhalten mussten, zu ermorden, selbst die consularische Gewalt an sich zu reissen, den Piso aber mit einem militärischen Commando

---

10) Als Ankläger nennt sie Ascon. in Cornel. p. 74 und Dio Cass. 36, 27. Damit steht Cic. de Fin. II §. 62: *te ipsum voluptasne induxit, ut adolescentulus eriperes P. Sullae consulatum? quem quum ad patrem tuum rettulisses* — nur scheinbar im Widerspruch. Vielleicht hat der Sohn dem Vater als Gehilfe bei der Anklage *(subscriptor)* gedient, Cicero seine Dienste mit jenen Worten zu schmeichelhaft anerkannt; und dazu stimmen auch §. 49, 50, 90 d. R.

11) s. besonders §. 15—17 und §. 66—71 d. R. Es bleibt freilich unklar, wie ein solcher Mann aus einer wenig bekannten Familie, ohne besondere Talente, auch als Redner nur durch eine kreischende Stimme hervorstechend (Brut. §. 241), nicht bloss eine zahlreiche Freundschaft sich erwerben (s. §. 7 d. R.), sondern auch zwei Jahre früher als Cicero, mit dem er zusammen Quaestor gewesen (§. 18), zum Consulat gelangen konnte. Aber Cicero hat sich von seinem ehemaligen Mitschüler und Jugendfreund losgesagt und malt ihn vielleicht mit den schwärzesten Farben, um auf seine Kosten Sulla zu heben.

12) Sall. Cat. 18: *L. Tullo et M'.* (Aemilio) *Lepido coss. circiter Nonas Decembres.*

nach Spanien zu schicken. Doch wurde ihr Mordanschlag vor der Zeit bekannt und durch Vorsichtsmassregeln vereitelt. Trotzdem gaben sie ihn nicht auf, verschoben nur die Ausführung auf eine Senatssitzung, die am 5. Februar stattfinden sollte, und bestimmten nun schon einen grösseren Theil des Senates zum Tode. Aber auch diesmal scheiterte ihr Unternehmen, weil Catilina vor der Curie zu früh das Zeichen gab, als noch nicht genug Bewaffnete zusammengekommen waren. Dennoch erfolgte keine Untersuchung; ja der Senat war schwach genug, dem Piso den bedungenen Preis seiner Mitwirkung selbst zu zahlen, indem er, mit der Entfernung eines so gefährlichen Menschen zufrieden, ihn als Quaestor mit praetorischer Gewalt nach dem diesseitigen Spanien schickte. Dort machte er sich durch Gewaltthätigkeiten bald verhasst und wurde von Provincialen, die in seinem Heere dienten, erschlagen [13].

5. Dies ist der älteste und vollständigste Bericht, den wir über diese sogenannte erste catilinarische Verschwörung haben, und der Bericht eines wenig jüngeren Zeitgenossen. Mit ihm stimmen im Ganzen auch Cicero's Aeusserungen und die Erläuterung seines gelehrten Commentators Asconius [14]. Der Plan in dieser Gestalt, auf rein persönlichen Motiven beruhend, gekränktem Ehrgeiz, Neid und Rachsucht, und solchen Persönlichkeiten zugeschrieben, wie Catilina und Autronius geschildert werden, ist einerseits nicht unwahrscheinlich — hatte doch auch im J. 100 der Praetor C. Servilius Glaucia seinen Mitbewerber um das Consulat C. Memmius auf dem Marsfelde selbst erschlagen lassen —, bleibt aber doch ein toller Plan, fast aussichtslos selbst in einer Zeit, wo die Knüttel auf dem Markte herrschten. Denn wenn auch zur Mordthat selbst gedungene Haufen ausreichten: um die Früchte derselben zu ernten, war ein mächtiger Anhang, eine Partei mit Fahne und Feldgeschrei, ein Heer nöthig, was Catilina etliche Jahre später sich zu schaffen suchte. Hier wird nichts der Art gemeldet. Kaum vier Wochen vor dem zuerst bestimmten Tage soll Piso gewonnen sein, ausser ihm vielleicht noch der eine und der andere gleich verkommene und verwegene Geselle, wie Vargunteius und Cethegus [15]. Zeit und Mittel reichen wohl zu einem Handstreich aus, aber nicht zu einer Revolution. Sollte diese gelingen, so mussten noch andere bedeutendere Persönlichkeiten im Hintergrunde stehen. Das Gerücht verdächtigte Sulla, auch Crassus und Caesar, die späteren Triumvirn.

6. Sulla befand sich in gleicher Noth mit Autronius, musste wie dieser Herstellung wünschen, aber auch volle Herstellung. Um Catilina zum Consul zu machen, würde er schwerlich Namen und

---

13) Sall. Cat. c. 18 und 19.
14) Vgl. §. 68, in Cat. I §. 15, p. Muren. §. 81, frg. or. in tog. cand. und Ascon. dazu p. 93 Or.
15) s. §. 67 d. R. und Sall. Cat. 52, 33.

Geld hergegeben haben [16]). So ist in manche Geschichtsbücher ein anderer Bericht eingedrungen, wonach Sulla mit Autronius Anstifter des Complotts, Catilina mit Piso nur Gehilfe, das Consulat für Sulla mit Autronius, nicht für Catilina bestimmt war [17]). Ganz verschieden endlich ist die Darstellung, die Sueton in seiner Biographie des Caesar freilich aus sehr unlauteren Quellen giebt [18]). Darnach waren Crassus und Caesar, welche auch Cicero gelegentlich einmal verdächtigt hat [19]), Mitwisser und Anstifter der Verschwörung. Crassus sollte die Dictatur ergreifen, Caesar zu seinem Magister Equitum ernennen und erst nach neuer Ordnung des Staates Sulla und Autronius in das Consulat wiedereinsetzen; aber am bestimmten Tage fehlte Crassus in der Senatssitzung, und Caesar gab darum nicht das verabredete Zeichen. Aus so widersprechenden Nachrichten jetzt noch die Wahrheit ermitteln zu wollen, wäre ein vergebliches Bemühen. Da alle Kunde von dem Mordanschlag auf privatim empfangenen Anzeigen beruhte, welche die zunächst bedrohten Consuln und Consulare im vertrauten Freundeskreise besprachen [20]), während ins weitere Publicum nur dunkele Gerüchte drangen, so wurde und blieb die angebliche oder wirkliche Verschwörung ein Gegenstand des Stadtgeklatsches und gab Gelegenheit zu mancherlei Vermuthungen, Verdächtigungen, Verleumdungen.

7. In den folgenden Jahren, 64, in welchem Catilina seine auf eigene Erhebung zugleich mit tief eingreifenden Aenderungen des Staates gerichteten Pläne vorbereitete, und 63, in welchem er, nachdem alle anderen Versuche gescheitert waren, zum Aufstande schritt, lebte Sulla in Zurückgezogenheit und meistens fern von Rom, in Neapel, einem Orte, welcher durch seine herrliche Lage und seine Bäder, die den berühmten von Bajae nur wenig nachstanden, ein Lieblingsaufenthalt für Römer geworden war, die sich ihres Alters oder ihrer Gebrechlichkeit wegen nach einem ruhigen Leben sehnten [21]). Doch hatte er die Hoffnung auf Herstellung

---

16) Diese Unwahrscheinlichkeit macht Cicero mit Recht dem Ankläger gegenüber geltend, s. §. 68.

17) Dio Cass. 36, 27 und, nach der Epitome zu schliessen, auch Livius 101. Doch war Sulla seiner Persönlichkeit nach kaum zum Anstifter und Leiter einer solchen Verschwörung geeignet.

18) c. 9 aus den Edicten des Bibulus, den Reden des älteren Curio, erklärter Gegner Caesars, und aus einem sonst unbekannten Historiker Tanusius Geminus.

19) Crassus, der ihn bei seiner Bewerbung um das Consulat bekämpfte, in einer älteren Rede nach Ascon. p. 83, Caesar in einem Brief späterer Zeit, Suet. l. c.

20) s. §. 12 d. R. Daher sagt auch Sallust: *quam verissume potero, dicam*, und Ascon.: *Fuit enim opinio*, und Cicero: *facta esse dicitur*.

21) Nach Strabo V, 4. Daher Horat. Epod. 5, 43: *otiosa Neapolis*, Ovid. Metam. 15, 711: *in otia nata*.

nicht aufgegeben. Im J. 64 wurde sein Halbbruder L. Caecilius[22] zum Volkstribun erwählt. Gleich nach Antritt seines Amtes[23] brachte er einen Gesetzesvorschlag ein, durch welchen die verschärften Strafbestimmungen der *lex Calpurnia de ambitu* aufgehoben, die vordem gültige Strafe hergestellt[24] und den nach ihr Verurtheilten, wie Sulla und Autronius, der Zutritt zu der Curie und zu den Aemtern wieder eröffnet werden sollte[25]. Allein dieser Antrag fand im Senate, mit dessen Genehmigung *(auctoritas)* er der Sitte nach vor die Volksversammlung gebracht werden musste, wenig Anklang. Im Gegentheil wünschte die conservative Partei lieber eine Verschärfung der Strafe[26], in frischer Erinnerung an die ungemeine Frechheit, mit der in diesem Jahre 64 Catilina seine Bewerbung um das Consulat betrieben hatte, und in besorgter Erwartung einer Erneuerung derselben im nächstfolgenden. Mit Furcht sah sie dem Tage der Abstimmung entgegen, für den, wie es hiess, von der Gegenpartei Gewaltmittel vorbereitet wurden, um ein günstiges Resultat zu erzwingen. Aber noch vor Ablauf der drei Nundinen, 17 Tage, die der Gesetzesantrag auf einem Album öffentlich ausgestellt sein musste, ehe er an das Volk zur Abstimmung gebracht wurde[27], gleich in der ersten Senatssitzung, welche die neuen Consuln Cicero und Antonius auf dem Capitol abhielten, erklärte der Prätor Q. Metellus Celer im Auftrage des Sulla, dass dieser die Einbringung eines solchen Gesetzes zu seinen Gunsten nicht wünsche, und Caecilius liess seinen Antrag fallen.

8. Wenn gleich Sulla hiemit, wahrscheinlich auf Zureden seiner alten Freunde und Parteigenossen, einen neuen Beweis seiner Mässigung gegeben hatte, so konnte er doch dem Verdachte, um Catilina's verbrecherische Pläne gewusst und sie wenigstens insgeheim begünstigt zu haben, nicht entgehen. War doch sein Leidensgefährte Autronius tief in dieselben verwickelt, und musste er nicht, da ihm jede Aussicht auf Herstellung in gesetzlichem Wege abgeschnitten war, eine Staatsumwälzung herbeiwünschen,

---

22) Wahrscheinlich aus zweiter Ehe seiner Mutter, die nach §. 89 noch lebte. Ob ein Metellus oder der p. Milon. §. 38, Ascon. p. 48 erwähnte L. Caecilius Rufus, Praetor 57 v. Chr., ist nicht zu ermitteln.

23) Nach alter Sitte traten die Volkstribunen ihr Amt noch vor dem Jahresschluss am 10. December an.

24) Nach Schol. Bob. p. 361 Or. hatte zunächst vorher eine *lex Cornelia* ungewisser Zeit und Herkunft zehnjährige Amtsunfähigkeit ausgesprochen.

25) Mit c. 22 d. R. vgl. Dio Cass. 37, 25: οἱ γὰρ δήμαρχοι — ὁ δὲ τῷ τε Παίτῳ τῷ Πουπλίῳ καὶ τῷ Σύλλᾳ τῷ Κορνηλίῳ τῷ μετ᾽ αὐτοῦ ἁλόντι τό τε βουλεύειν καὶ τὸ ἄρχειν ἐξεῖναι ἐδίδου.

26) Schon im J. 64 war ein solches Gesetz eingebracht, aber an dem Widerspruch eines Tribuns gescheitert, Ascon. p. 83; im J. 63 fügte Cicero durch seine *lex Tullia* zehnjährige Verbannung hinzu.

27) *rogationem promulgare, proponere, ad populum ferre.*

die ihm eine solche wieder eröffnete? Doch wird er sich schwerlich weit in das revolutionäre Treiben des Jahres 63 eingelassen haben; denn als nach der Unterdrückung des Aufstandes im Anfang des J. 62 verschiedene Anhänger Catilina's vor Gericht kamen, wurde er zwar auch angeklagt, fand aber in den Führern der conservativen Partei selbst seine Beistände und Vertheidiger.

9. Die Anklage, die gegen die Catilinarier erhoben wurde, lautete auf Störung der öffentlichen Ruhe durch verübte oder versuchte Gewaltthätigkeiten, erfolgte aber nicht, wie manche auf unsichere Zeugnisse hin[28]) annehmen, nach dem Gesetze, wonach ein solches Verbrechen gewöhnlich gerichtet wurde, nach der *lex Plautia* oder *Plotia de vi*, die man einem Volkstribun M. Plautius Silvanus 89 v. Chr. zuschreibt, sondern nach Cicero's ausdrücklichen und klaren Worten nach einer *lex Lutatia*. Er sagt nämlich p. Cael. §. 1: *Si quis, iudices, forte nunc adsit ignarus legum, iudiciorum, consuetudinis nostrae, miretur profecto, quae sit tanta atrocitas huiusce causae, quod diebus festis ludisque publicis, omnibus forensibus negotiis intermissis, unum hoc iudicium exerceatur, nec dubitet, quin tanti facinoris reus arguatur, ut eo neglecto civitas stare non possit. Idem quum audiat esse legem, quae de seditiosis consceleratisque civibus, qui armati senatum obsederint, magistratibus vim attulerint, rem publicam oppugnarint, quotidie quaeri iubeat: legem non improbet, crimen quod versetur in iudicio, requirat;* und ib. §. 70: *De vi quaeritis. Quae lex ad imperium, ad maiestatem, ad statum patriae, ad salutem omnium pertinet, quam legem Q. Catulus armata dissensione civium rei publicae paene extremis temporibus tulit, quaeque lex sedata illa flamma consulatus mei fumantes reliquias coniurationis exstinxit: hac nunc lege Caelii adolescentia non ad rei publicae poenas, sed ad mulieris libidinosae delicias deposcitur.*

10. Damit äussert doch Cicero seine Verwunderung, dass in dem Processe des M. Caelius, der im J. 56 *de vi* angeklagt wurde, nicht das gewöhnliche Gesetz, wodurch die betreffende *quaestio perpetua* eingesetzt war, und dafür hält man doch die *lex Plautia*, sondern ein unter besonderen Zeitumständen und mit ungewöhnlichen Vorschriften erlassenes und direct[29]) gegen den Staat und dessen Obrigkeiten gerichtete Gewalt *(vis contra rem publicam)* bedrohendes Gesetz missbräuchlich zur Anwendung kam. Dies Gesetz schreibt er einem Q. Catulus und der Zeit eines Bürgerkrieges zu: man denkt wohl mit Recht an den Consul Q. Lutatius Catulus

---

28) Pseudo-Sallust. in Cicer. §. 3, s. zu §. 21 d. R., und Schol. Bob. zu §. 92 d. R. p. 368 Or.

29) Mittelbar ist freilich jede Gewaltthat auch gegen den Staat gerichtet, p. Milon. §. 13; aber wie klar begrenzt Cicero in der obigen Stelle die Tragweite des Gesetzes!

und dessen Streit mit seinem Collegen M. Aemilius Lepidus, der noch in dem Todesjahre Sulla's dessen wichtigste Einrichtungen umzustossen versuchte, aber im folgenden 77 von Catulus und Pompeius besiegt und vertrieben wurde. Und endlich bezeugt Cicero, dass nach diesem Gesetz im Jahr nach seinem Consulat die Reste der catilinarischen Verschwörung verfolgt und bestraft wurden [30]. Ob ein Senatsbeschluss die Untersuchung nach demselben anordnete, muss bei dem Mangel aller positiven Nachrichten dahingestellt bleiben; doch spricht dafür die Analogie anderer Fälle [31].

11. Weil zur Unterdrückung eines Aufstandes gegeben, enthielt die *lex Lutatia* bei der Grösse und Gemeingefährlichkeit des Verbrechens und der Menge der Schuldigen manche von dem gewöhnlichen Processverfahren abweichende Bestimmungen, welche eine Beschleunigung der Untersuchung, vielleicht auch einen sicheren Erfolg der Verurtheilung ermöglichen sollten. Eine davon ist in den oben citirten Worten Cicero's schon hervorgehoben. Sie ordnete 1) eine tägliche Verhandlung ohne die sonst üblichen Gerichtsferien an Festtagen und Volksspielen an [32]. Aber auch ausserdem werden aus den Processen der Catilinarier noch einige Eigenthümlichkeiten erwähnt, die man wohl auf Vorschriften des Gesetzes zurückführen darf. Es war in ihnen 2) das peinliche Verhör von Sklaven gegen den eigenen Herrn *(in dominum, in caput domini)* gestattet [33]. Die Aussagen von Sklaven wurden mittels der Folter gewonnen oder bekräftigt. Ihr Zeugniss galt aber nur zu Gunsten ihres Herrn, der sie zur Tortur anbieten konnte, wenn er durch sie entlastet zu werden hoffte; zu seinem Nachtheil wurden sie nach altem Herkommen nicht gefoltert. Doch wurde mitunter bei schweren Verbrechen eine Ausnahme gemacht, wie in diesem Jahre bei den Verschwörungsprocessen, so im folgenden 61 in der Incestanklage gegen P. Clodius, und wahrscheinlich auf Grund eines Gesetzes, hier der *lex Lutatia de vi*, dort der *lex Fufia de reli-*

---

30) Es bleibt dabei noch möglich, dass neben der *lex Lutatia* auch Anklagen nach der *lex Plautia* erfolgten, etwa wie später im J. 52 Milo und sein Helfershelfer M. Saufeius zugleich nach der *lex Pompeia* und vor anderen Richtern nach der *lex Plautia* angeklagt wurden. Ascon. in Milon. p. 54 und 55 Or. Wo der Thatbestand nicht ausreichte, um eine Anklage nach der *lex Lutatia*, resp. *Pompeia* zu begründen, wandte man die umfassendere *lex Plautia* an.

31) So ordnet der Senat die Untersuchung der Unruhen, welche der Ermordung des Clodius vorausgingen oder folgten, nach der speciell dazu erlassenen *lex Pompeia* an. Ascon. p. 37.

32) Nach Schol. Gronov. p. 443 Or. enthielt auch die *lex Pompeia* diese Bestimmung.

33) s. §. 78 d. R. und de partit. or. §. 118: *de nostrorum etiam prudentissimorum hominum institutis, qui quum in dominos de servis quaeri noluissent, tamen de incestu et coniuratione, quae facta me consule est, quaerendum putaverunt.*

gione [34]). Auch erfolgte 3) die Bildung des Gerichtshofes *(consilium iudicum)* auf eine dem Angeklagten wirklich oder doch scheinbar nachtheilige Weise [35]). Die Richter wurden seit der *lex Aurelia iudiciaria* des Praetors L. Aurelius Cotta 70 v. Chr. aus drei Ständen *(ordines)* genommen: Senatoren, Rittern und Aerartribunen, d. h. angeseheneren Leuten der Plebs, welche gewisse öffentliche Zahlungen für die einzelnen Tribus zu besorgen hatten. Aus einem Gesammtverzeichniss aller Richter *(album iudicum)* wurden die für die einzelnen Quaestionen und die einzelnen Processe nöthigen durch das Loos bezeichnet; aber vor der Verhandlung durften beide Parteien eine in den verschiedenen Gesetzen verschieden normirte Anzahl verwerfen *(reiicere, reiectio).* Die übrig bleibenden bildeten den Gerichtshof. Dabei kam es nicht bloss auf die Zahl an, die zur Verwerfung kam, sondern auch auf die Zeit, wann diese vor sich ging. Denn je mehr sie umfasste und je später sie erfolgte, je länger also die eigentlichen Beisitzer des Gerichtes unbekannt blieben, desto schwieriger wurde eine aussergerichtliche Einwirkung der Parteien auf dieselben. Es scheint nun in diesen Processen eine verhältnissmässig grosse Anzahl und in ungewöhnlich später Zeit, etwa unmittelbar vor der mündlichen Verhandlung zur Verwerfung gekommen zu sein. Darum klagt Cicero l. c. 'Vos reiectione inter-posita nihil suspicantibus nobis repentini in nos iudices conse-distis' [36]). Die Strafe endlich, welche die *lex Lutatia* verhängte, war die schwerste, die in jener Zeit für römische Bürger üblich war: lebenslängliches Exil durch *aquae et ignis interdictio* [37]).

---

34) Vielleicht auch der *lex Pompeia de vi* im Process des Milo, s. p. Milon. c. 22.

35) s. §. 92 d. R. Noch ist keine genügende Erklärung dieser Stelle gefunden. Um nur zwei hervorzuheben, weder die Vermuthung des Scho-liasten p. 368 Or., dass durch einen anderen gleichzeitig verhandelten Process *de vi* dem Sulla die milderen und besseren Richter vorweggenom-men, noch Mommsens Annahme, es seien die Richter in den Processen der Catilinarier s. g. *iudices editicii* gewesen, d. h. von dem Ankläger einseitig gewählte, von denen der Angeklagte nur eine bestimmte Zahl verwerfen durfte, ist in dem Wortlaut selbst begründet.

36) Ich lege den Hauptton auf diese Worte. Die folgenden: *ab ac-cusatoribus delecti ad spem acerbitatis* — halte ich ebenso für eine nur halbwahre rhetorische Floskel, wie wenn Cicero als Ankläger sich rühmt die würdigsten Richter ausgewählt zu haben, z. B. in Verr. 5 §. 173: *in hqc delecto consilio* und *eos iudices, quos cgo probarim atque delegerim,* d. h. nur indirect durch Rejection. — Noch weiter ging die *lex Pompeia,* insofern sie erst am letzten der fünf für jeden Process bestimmten Tage unmittelbar vor der Schlusssitzung die Ausloosung von 81 Richtern ge-stattete, die Verwerfung von je 5 aus jedem Stande, im Ganzen also von 30, sogar erst nach dem Plaidoyer beider Parteien vor der Abstimmung. Ascon. in Milon. p. 40. Doch traf eine solche Bestimmung immer beide Parteien, gab also dem Angeklagten keinen gerechten Grund zur Be-schwerde.

37) s. §. 89 f. Dass die *lex Plautia* diese Strafe wenigstens nicht für

12. Sulla's Ankläger war derselbe L. Manlius Torquatus, der schon vor vier Jahren mit seinem gleichnamigen Vater, dem Consul des J. 65, ihn wegen *ambitus* belangt hatte [38]). Zu seinem Gehilfen *(subscriptor)* hatte er sich den Sohn eines Mitverschworenen C. Cornelius gewonnen [39]). Aber in die Vertheidigung theilten sich die beiden berühmtesten Redner jener Zeit: Q. Hortensius Hortalus [40]) und Cicero, der Entdecker der Verschwörung. Auch begleiteten ihn vor Gericht ausser Familienmitgliedern, die durch Thränen und Trauerkleidung das Herz der Richter rühren sollten, fast sämmtliche Consularen sammt den beiden Consuln [41]), um, wie es die Sitte vorschrieb, durch diesen öffentlichen Beweis ihrer Theilnahme für den Angeklagten ein gutes Vorurtheil zu erwecken, auch wohl, wenn nicht zur Sache selbst, doch für sein Leben und seinen Charakter im Ganzen ein günstiges Zeugniss abzulegen [42]). Wahrscheinlich verschafften ihm diesen Beistand Verwandtschafts- und Standesinteressen; auch mag er mit baarem Gelde die Dienste seiner Vertheidiger bezahlt haben [43]); aber wenn wir nicht Cicero's wiederholten kräftigen Versicherungen allen Werth absprechen wollen, so muss er sich wenigstens nicht direct an irgend einem Act der Verschwörung betheiligt haben. Dies geht auch aus der Anklage hervor, soweit sich ihr Inhalt aus der Vertheidigung entnehmen lässt; sie hat kein sicheres Zeugniss für Sulla's Schuld beibringen können. Was seinen Beweisen an Kraft fehlte, ersetzte der Ankläger durch Angriffe auf Sulla's Beistände und Vertheidiger, namentlich auf Cicero, obwohl er sich diesem seit dessen Praetur im J. 66 als Schüler angeschlossen hatte [44]), und dies hat auch

----

alle Fälle der *vis* bestimmte, ist fast selbstverständlich, geht auch aus dem Ausdruck hervor, den Ascon von der *lex Pompeia* gebraucht: *poena graviore*, p. 37, und so sagt auch der Declamator in Cic. §. 3: *ex coniuratis alios pecunia condemnabas.*

38) s. oben 3 Anm. 10.

39) s. 1 Anm. 6.

40) geboren 114 v. Chr., also acht Jahre älter als Cicero, Consul 70, starb 50.

41) s. §. 5 d. R.

42) *adesse, advocati*, von den *patroni* verschieden, *laudare, laudatores.*

43) Nach A. Gell. N. Att. XII, 12 nahm Cicero zum Ankauf eines Hauses auf dem Palatin eine bedeutende Geldsumme von Sulla auf Borg.

44) s. §. 34 d. R. Doch blieben Torquatus Vater und Sohn auch später mit Cicero in freundschaftlichen Verhältnissen. Der Vater suchte seine Verbannung im J. 58 vergeblich abzuwenden, in Pison. §. 77 f.; den Sohn hat Cicero in den zwei ersten Büchern *de finibus bonorum et malorum* zum Wortführer der epikureischen Philosophie gemacht. Er brachte es nur bis zur Praetur 49, stand im Bürgerkrieg auf Seiten des Pompeius und fiel in Africa. Als Redner war er nach Cicero's Urtheil nicht gerade bedeutend; doch rühmt dieser seine ʻ*divina memoria, summa verborum et gravitas et elegantia, atque haec omnia vitae decorabat dignitas et integritas*'. Brut. §. 265.

Cicero's Erwiederung einen sehr persönlichen Charakter aufge-
drückt.

13. Sulla wurde freigesprochen. Aus seinem späteren Leben
wissen wir nur wenig. Im J. 57 benutzte P. Clodius sein Haus als
Waffenplatz in seinen Händeln mit Milo, doch wohl im Einverständ-
niss mit dem Besitzer[45]). Im J. 54 wollte er den A. Gabinius, der
als Volkstribun 67 durch seine *lex Gabinia* dem Pompeius den
Oberbefehl im Seeräuberkriege verschafft hatte, Consul 58, *de ambitu* anklagen, wahrscheinlich um durch dessen Verurtheilung selbst
Herstellung in die verlorenen Rechte[46]), d. h. Amtsfähigkeit und
Sitz und Stimme im Senat, wiederzuerlangen. Aber auch hier trat
ihm sein alter Widersacher Torquatus entgegen, indem er das
Recht der Anklage für sich verlangte, freilich ohne Erfolg[47]). Ob
Sulla seinen Zweck damals erreicht hat, wissen wir nicht, da über
den Ausgang dieses Processes nichts gemeldet wird[48]). Im Bürger-
kriege schloss er sich an Caesar an und focht unter ihm nicht ohne
Auszeichnung bei Dyrrhachium und Pharsalus, wo er den rechten
Flügel commandirte[49]). Bei dem Verkauf der Güter der geächteten
Pompejaner bereicherte er sich, wie schon vormals[50]) zu des Dic-
tators Sulla Zeit. Er starb im Jahre 45. Seinen Tod bespricht
Cicero, der inzwischen sein politischer Gegner geworden war, im
Briefwechsel mit seinen Freunden in ziemlich geringschätzigen
Worten[51]).

---

45) ad Att. IV, 3, 3.

46) Die Ambitusgesetze gewährten seit der *lex Calpurnia* dem Ankläger Belohnungen für siegreich durchgeführte Anklagen, wie Einrücken
in die Tribus des Verurtheilten (p. Balb. §. 57) und *restitutio in integrum,*
falls er selbst verurtheilt war (p. Cluent. §. 98).

47) ad Qu. fr. 3, 3, 2: *Gabinium de ambitu reum fecit P. Sulla sub-
scribente privigno Memmio, fratre Caecilio, Sulla filio; contra dixit L.
Torquatus omnibusque libentibus non obtinuit.*

48) Gabinius wurde in einem anderen Process wegen Erpressungen
verurtheilt und ging ins Exil. Dies schliesst aber nicht die Möglichkeit
der Fortsetzung des Ambitusprocesses aus; s. Ascon. in Milon. p. 54 Or.

49) Caes. b. c. III, 51 und 89.

50) s. oben Anm. 7 und Cassius in ep. ad fam. XV, 19, 3: *itaque
Sulla, cuius iudicium probare debemus, quum dissentire philosophos vi-
deret, non quaesiit, quid bonum esset, sed omnia bona coëmit.*

51) So ad fam. XV, 17, 2: *Sullam patrem mortuum habebamus; alii
a latronibus, alii cruditate dicebant; populus non curabat, combustum
enim esse constabat. Hoc tu pro tua sapientia feres aequo animo, quamquam πρόσωπον πόλεως amisimus. Caesarem putabant moleste laturum,
verentem ne hasta refrixisset.*

M. TULLI CICERONIS
PRO P. SULLA ORATIO.

1   I. 1. Maxime vellem, iudices, ut P. Sulla et antea dignitatis suae splendorem obtinere et post calamitatem acceptam modestiae fructum aliquem percipere potuisset. Sed quoniam ita tulit casus infestus, ut et [in] amplissimo honore quum communi ambitionis invidia, tum singulari Autronii odio everteretur, et in his pristinae fortunae reliquiis miseris et adflictis tamen haberet quosdam, quorum animos ne supplicio quidem suo satiare posset: quamquam ex huius incommodis magnam animo molestiam capio, tamen in ceteris malis facile patior oblatum mihi tempus esse, in quo boni viri lenitatem meam misericordiamque, notam quondam omnibus, nunc quasi intermissam, agnoscerent, improbi ac perditi cives, redomiti

I. Nach einem kurzen Eingange, in welchem Cicero durch sein Beispiel die Richter zum Mitleid und zur Milde stimmen will, geht er zu dem ersten Haupttheil der Rede über, §. 3—35, einem rein persönlichen, insofern er den Angriffen des Anklägers gegenüber die Berechtigung und Consequenz seines Verfahrens (§. 2 *rationem constantiamque*) bei der Uebernahme der Vertheidigung nachzuweisen sucht. Vgl. Einl. 12 a. E.

§. 1. *antea — post calam.*, s. Einl. 3.

modestiae, der Resignation, mit der er angeblich sein Schicksal ertragen, s. §. 15 und Einl. 7.

ampl. honore — everteretur, wie anderwärts *bonis, fortunis evertere* und oft *honore deiicere*; vgl. auch de domo s. §. 98: *praecipitari ex altissimo dignitatis gradu*. Die Hss. setzen *in* an verschiedener Stelle ein.

communi amb. inv., d. h. durch die gewöhnliche Missgunst unglücklicher Bewerber gegen ihre glücklicheren Rivalen; *s.* Einl. 3 Anm. 10.

Autronii odio, der in der ganzen Rede alle Schuld allein tragen muss; doch s. Einl. 3 Anm. 11.

quosdam, Torquatus und dessen Vater, s. §. 90.

animo Abl. instr., wie Brut. §. 1: *maiorem animo cepi dolorem* und p. Planc. §. 1: *non mediocrem voluptatem*.

in ceteris malis: Cicero denkt an die Angriffe auf seine consularische Wirksamkeit, die schon begonnen hatten, s. §. 31, 34.

tempus — in quo, in welcher Bedeutung?

intermissam, zeitweise ausgesetzt, durch die Hinrichtung des Lentulus und seiner Genossen, s. Einl. 1.

redomiti, ein seltenes Wort, wie

atque victi, praecipitante re publica vehementem me fuisse atque
fortem, conservata mitem ac misericordem faterentur. 2. Et quon- 2
iam L. Torquatus, meus familiaris ac necessarius, iudices, existimavit, si nostram in accusatione sua necessitudinem familiaritatemque
violasset, aliquid se de auctoritate meae defensionis posse detrahere,
cum huius periculi propulsatione coniungam defensionem officii
mei. Quo quidem genere non uterer orationis, iudices, hoc tempore, si mea solum interesset; multis enim locis mihi et data facultas est et saepe dabitur de mea laude dicendi: sed ut ille vidit,
quantum de mea auctoritate deripuisset, tantum se de huius praesidiis deminuturum, sic hoc ego sentio, si mei facti rationem vobis
constantiamque huius officii ac defensionis probaro, causam quoque me P. Sullae probaturum.

3. Ac primum abs te illud, L. Torquate, quaero, cur me a 3
ceteris, clarissimis viris ac principibus civitatis, in hoc officio atque
in defensionis iure secernas. Quid enim est, quam ob rem abs te
Q. Hortensii factum, clarissimi viri atque ornatissimi, non reprehendatur, reprehendatur meum? Nam si est initum a P. Sulla consilium inflammandae huius urbis, exstinguendi imperii, delendae
civitatis, mihine maiorem hae res dolorem quam Q. Hortensio, mihi

§. 30 *immoderatione* und *queribunda*, §. 66 *adlevamento*, wird durch
hinzugedachten Gegensatz: *modo
furentes et exsultantes* klar; vgl.
revictus Hor. Carm. IV, 4, 24 und
Tac. Ann. XV, 73. Ohne Noth hat
man *perdomiti* corrigirt.

§. 2. *L. Torquatus*, s. Einl. 12;
meus — necessarius, s. §. 34.

necessitudinem: Dafür geben
manche Hss. und Ausg. das in diesem Sinne ungewöhnlichere *neces-
sitatem*.

huius periculi, vgl. §. 13 *in huius
periculo*.

mea solum, wo man eher *mea
solius* erwartet; s. d. Gramm.

sed ut ille: Zuweilen tritt für
iste, was gewöhnlich den Gegner
bezeichnet, das ruhigere *ille* ein, s.
§. 10, 20, 34, 35.

deripuisset, zum Wechsel des
Ausdrucks für *detrahere*, wie de
Fin. I §. 43: *et terroribus cupidita-
tibusque detractis et omnium fal-
sarum opinionum temeritate de-
repta*.

causam quoque me P. Sullae p.,
denn des Anwalts Achtbarkeit
und Glaubwürdigkeit (*auctoritas*)
kommt auch der vertretenen Partei

zu gute, und Cicero konnte als
Enthüller der Verschwörung sich
die beste Kenntniss zuschreiben.

§. 3. Zuvörderst nimmt Cicero
für sich dasselbe Recht zur Vertheidigung in Anspruch, das Torquatus den anderen (s. Einl. 12
Anm. 42) zugesteht.

a ceteris, substantivisch mit fol-
gender Apposition, wie §. 4 *de his*,
§. 19 *illi*, §. 22 *hos*.

Q. Hortensii, s. Einl. 12 A. 40.

reprehendatur meum, mit Wiederholung desselben Verbums statt
einer adversativen Verbindung, wie
§. 21 *non dicis, dicis*, 85 *non dico,
dico*.

consilium inflammandae h. u.
Es soll der Plan der Verschworenen
gewesen sein, in der Nacht der Saturnalien, am 19. December, Rom
an zwölf Enden zugleich in Brand
zu stecken, während des Lärms den
Consul Cicero und viele andere
Führer der Optimaten zu ermorden
und dann dem Catilina entgegen-
zuziehen, der inzwischen mit dem
Heere der Aufständischen auf die
Hauptstadt angerückt sein sollte.
Sall. Cat. 43.

maius odium adferre debent? meum denique gravius esse iudicium,
qui adiuvandus in his causis, qui oppugnandus, qui defendendus,
qui deserendus esse videatur? 'Ita', inquit; 'tu enim investigasti,
4 tu patefecisti coniurationem.' II. 4. Quod quum dicit, non attendit
eum, qui patefecerit, hoc curasse, ut id omnes viderent, quod antea
fuisset occultum; quare ista coniuratio, si patefacta per me est,
tam patet Hortensio quam mihi. Quem quum videas hoc honore,
auctoritate, virtute, consilio praeditum non dubitasse, quin innocentem P. Sullam defenderet, quaero cur, qui aditus ad causam
Hortensio patuerit, mihi interclusus esse debuerit; quaero illud
etiam, si me, qui defendo, reprehendendum putas esse, quid tandem de his existimes, summis viris et clarissimis civibus, quorum
studio et dignitate celebrari hoc iudicium, ornari causam, defendi
huius innocentiam vides. Non enim una ratio est defensionis, ea
quae posita est in oratione; omnes, qui adsunt, qui laborant, qui
5 salvum volunt, pro sua parte atque auctoritate defendunt. 5. An
vero, in quibus subselliis haec ornamenta ac lumina rei publicae
viderem, in his me apparere nollem, quorum ego illum in locum
atque in hanc excelsissimam sedem dignitatis atque honoris multis
meis ac magnis laboribus et periculis ascendissem? Atque ut intel-
ligas, Torquate, quem accuses, si te forte id offendit, quod ego, qui
in hoc genere quaestionis defenderim neminem, non desim P. Sul-

---

gravius iudicium, härter, stren-
ger, wie p. Flacc. §. 94: *gravia iudicia pro rei p. dignitate multa de
coniuratorum scelere fecistis.* So
auch *graviorem iudicem* in Q. Cae-
cil. §. 58; aber *testimonia gravia*
§. 13 gravirende.

  qui = qualis, darum nicht *quis.*
in his causis, sc. coniurationis,
§. 85.

  inquit, scil. accusator.

  II. §. 4. *Quod quum dicit.* Statt
dem Gegner gerade zu Leibe zu
gehen und schon jetzt das volle
Gewicht seiner genauen Kenntniss
für den Angeklagten in die Wagschale zu werfen, begnügt sich Cicero, um sich mit Hortensius und
den anderen Beiständen gleichzu-
stellen, mit einer sophistischen
Wendung, die voraussetzt, dass er
auch alles, was er erfahren, bis ins
kleinste Detail hin veröffentlicht
hat.

  non dubitasse quin: in welcher
Bedeutung?

  innocentem vertritt fast einen
causalen Satz. Eine a. L. *innocen-*

tiam P. Sullae ist vielleicht aus dem
Folgenden entlehnt.

  summis viris et cl. civibus, d. h.
gross ihrer Persönlichkeit und ihrer
amtlichen Stellung nach, wie in
Catil. I §. 29.

  studio et dignitate celebrari, wie
de Orat. I §. 200: *Q. Mucii vesti-
bulum, quod maxima cotidie frequentia civium et summorum hominum splendore celebratur.* Unser 'verherrlichen' deckt diesen
Doppelbegriff nicht.

  §. 5. *subselliis.* Auf Bänken ohne
Lehne sassen vor Gericht beide
Parteien sammt ihren *advocati.*

  ornamenta — rei p. Es sind die
Consulare gemeint, die fast sämmt-
lich dem Sulla beistanden; s. §. 6
und 80 f.

  quorum ego etc., d. h. deren Ge-
nosse ich als Consul und Consular
geworden bin. *illum in locum*, em-
phatisch, wie *ex illo honoris gradu*
§. 82; *in hanc exc. sedem* zeigt auf
die sella curulis der mitanwesenden
Consuln. Vgl. §. 81.

  in hoc genere quaestionis = *in
his causis* §. 3. Viele Hss. lassen

lae, recordare de ceteris, quos adesse huic vides: intelliges et de hoc et de aliis iudicium meum et horum par atque unum fuisse. 6. Quis nostrum adfuit Vargunteio? Nemo, ne hic quidem Q. Hortensius, praesertim qui illum solus antea de ambitu defendisset. Non enim iam se ullo officio cum illo coniunctum arbitrabatur, quum ille tanto scelere commisso omnium officiorum societatem diremisset. Quis nostrum Servium Sullam, quis Publium, quis M. Laecam, quis C. Cornelium defendendum putavit? quis his horum adfuit? Nemo. Quid ita? Quia ceteris in causis etiam nocentes viri boni, si necessarii sunt, deserendos esse non putant: in hoc crimine non solum levitatis culpa est, verum etiam quaedam contagio sceleris, si defendas eum, quem obstrictum esse patriae parricidio suspicere. 7. Quid? Autronio nonne sodales, non collegae sui, non veteres amici, quorum ille copia quondam abundarat, non hi omnes, qui sunt in re publica principes, defuerunt? Immo etiam testimonio plerique laeserunt. Statuerant tantum illud esse male-

hier, wie fast alle §. 48, die sonst hinzugefügte Praeposition weg.

recordare de, mit der Construction des synonymen *cogito*, wie de Inv. I §. 108: *petimus, ut de suis liberis aut parentibus, nos quum videant, recordentur.* Vgl. *meminisse, reminisci, admonere de.*

intelliges asyndetisch als Nachsatz zu einem Imperativ, wo wir 'und' einsetzen; vgl. damit §. 71 *intelligetis.*

de aliis, zum Wechsel des Ausdrucks für *de ceteris*, wie *praeter ceteros, praeter alios* §. 7 und 9, *in alios, in ceteros* §. 87.

§. 6. *Vargunteio.* Vgl. über ihn und die folgenden Persönlichkeiten Einl. 1.

praesertim qui — gehört zu einem Zwischengedanken: 'was man hätte erwarten können'; an den negativen Satz angeschlossen, giebt es den widersprechenden Grund an: 'zumal da er = trotzdem dass er'.

his, den eben genannten, *horum*, der anwesenden Consulare. Zur Häufung des Pronomens in verschiedenem Sinne vgl. §. 77. Ohne Noth hat man hier *iis* oder *nostrum* corrigirt.

ceteris in causis, vgl. de Off. II §. 51: *Nec tamen — est habendum religioni, nocentem aliquando, modo ne nefarium impiumque, defendere. Vult hoc multitudo, patitur*

consuetudo, fert etiam humanitas.

patriae parricidio. So nennt der Römer öfters den Hochverrath, *perduellio;* vgl. §. 19 *hosti ac parricidae*, und zum Casus §. 82 *tanto scelere adstrictis.*

§. 7. *nonne — non — non*, wie in Cat. I §. 27: *nonne hunc in vincula duci, non ad mortem rapi, non summo supplicio mactari imperabis?* Manche Hss. und Ausg. wiederholen die Fragepartikel unnöthig an der zweiten oder dritten Stelle.

sodales — collegae sui, d. h. Mitglieder derselben *sodalitas*, desselben *collegium.* In Rom gab es zahlreiche Vereine, theils religiöse Brüderschaften, theils politische Clubs, theils Handwerkerinnungen und Zünfte, deren Mitglieder zu gegenseitigen Diensten verpflichtet waren. Nach dieser Stelle z. B. mussten sie einander vor Gericht Beistand leisten, nach Verr. II, 1 §. 37 und Dig. 27, 1, 41 und 42 die Vormundschaft über die Kinder eines verstorbenen Genossen übernehmen.

hi omnes: nicht ganz ohne Ausnahme, s. §. 19.

tantum — quod. Lambin corrigirte *tantum ut;* aber so sagt Cicero auch p. Marc. §. 8: *nulla est enim tanta vis, quae non ferro et viribus debilitari frangique possit.*

ficium, quod non modo non occultari per se, sed etiam aperiri illustrarique deberet. III. Quam ob rem quid est quod mirere, si cum iisdem me in hac causa vides adesse, cum quibus in ceteris intelligis afuisse? Nisi vero me unum vis ferum praeter ceteros, me asperum, me inhumanum existimari, me singulari immanitate et crudelitate praeditum. 8. Hanc mihi tu si propter meas res gestas imponis in omni vita mea, Torquate, personam, vehementer erras. Me natura misericordem, patria severum, crudelem nec patria nec natura esse voluit. Denique istam ipsam personam vehementem et acrem, quam mihi tum tempus et res publica imposuit, iam voluntas et natura ipsa detraxit. Illa enim ad breve tempus severitatem postulavit, haec in omni vita misericordiam lenitatemque desiderat. 9. Quare nihil est quod ex tanto comitatu virorum amplissimorum me unum abstrahas. Simplex officium atque una bonorum est omnium causa. Nihil erit quod admirere posthac, si in ea parte, in qua hos animum adverteris, me videbis; nulla est enim in re publica mea causa propria. Tempus agendi fuit magis mihi proprium quam ceteris, doloris vero et timoris et periculi fuit illa causa communis; neque enim ego tunc princeps ad salutem esse potuissem, si alii comites esse noluissent. Quare necesse est, quod mihi consuli praecipuum fuit praeter alios, id iam privato cum ceteris esse commune. Neque ego hoc partiendae invidiae, sed communicandae laudis causa loquor; oneris mei partem nemini impertio, gloriae bonis

---

per se, nicht *a se*, mit ihrer Hülfe, vgl. §. 4 *patefacta per me*.

III. Weder die Strenge, die er in seinem Consulat gegen die Catilinarier bewiesen, noch sein neuliches Auftreten gegen Autronius begründe den Vorwurf der Inconsequenz (*inconstantia* §. 10, vgl. *constantia* §. 2), den der Gegner ihm gemacht hat.

Nisi vero mit dem Indicativ zur Angabe eines nicht annehmbaren Falles, wie §. 28 und *nisi forte* §. 25; s. d. Gramm.

praeter ceteros, vorbei, voraus, vor den anderen, ist der gewöhnliche Ausdruck; dafür selten *prae ceteris*, im Vergleich mit, vor, wie ad Heren. II c. 22 a. A. *omnium malorum stultitia est mater atque prae ceteris parit immensas cupiditates*.

§. 8. *personam*, von der Bühne auf andere Verhältnisse übertragen, p. *parasiti, militis, assentatoris, defensoris* etc.

nec patria nec natura. Die umgekehrte (chiastische) Stellung hebt den Gegensatz hervor; a. L. *nec natura nec p.*

Illa — haec, auf die bedeutungsvolleren Worte der beiden Gliederpaare bezogen.

§. 9. *Simplex*, i. e. non aliud aliis. *causa.* Cicero spielt mit dem Worte; es ist einerseits 'Sache, Parteisache' mit dem Uebergang in 'Stellung, Aufgabe, Beruf', andererseits 'Sache, Ursache'.

Nihil erit in gleichem Tempus mit dem folgenden *videbis;* eine Hs. wiederholt das frühere *nihil est.*

princeps ad salutem, wie p. Sest. §. 42: *auctores ad perniciem meam*, oder Lael. §. 35: *libidinis ministri aut adiutores ad iniuriam;* so auch Abstracta, wie *facultas, occasio ad.*

quod mihi consuli. Als Consul hatte er eine besondere Aufgabe, nämlich thätig vorzuschreiten, wo andere nur Anlass zur Sorge und Furcht fanden; als Privatmann steht er wieder allen gleich.

invidiae, s. zu §. 31.

omnibus. 10. 'In Autronium testimonium dixisti', inquit, 'Sullam 10 defendis'. Hoc totum eius modi est, iudices, ut, si ego sum inconstans ac levis, nec testimonio fidem tribui convenerit nec defensioni auctoritatem; sin est in me ratio rei publicae, religio privati officii, studium retinendae voluntatis bonorum, nihil minus accusator debet dicere quam a me defendi Sullam, testimonio laesum esse Autronium. Videor enim iam non solum studium ad defendendas causas, verum etiam opinionis aliquid et auctoritatis adferre; qua ego et moderate utar, iudices, et omnino non uterer, si ille me non coëgisset.

IV. 11. Duae coniurationes abs te, Torquate, constituuntur: 11 una, quae Lepido et Volcatio consulibus, patre tuo consule designato, facta esse dicitur, altera, quae me consule; harum in utraque Sullam dicis fuisse. Patris tui, fortissimi viri atque optimi consulis, scis me consiliis non interfuisse; scis me, quum mihi summus tecum usus esset, tamen illorum expertem temporum et sermonum fuisse; credo, quod nondum penitus in re publica versabar, quod nondum ad propositum mihi finem honoris perveneram, quod me ambitio et forensis labor ab omni illa cogitatione abstrahebat.

§. 10. *In Autronium* etc. Während der Gegner aus dem verschiedenen Verfahren Cicero's Inconsequenz folgert und darum seinem Zeugnisse gegen Autronius, wie seiner Vertheidigung des Sulla Glaubwürdigkeit absprechen will, zeigt Cicero, dass unter anderer Voraussetzung eben daraus ein günstiges Vorurtheil (*opinionis aliquid*) für Sulla erwächst.

auctoritatem. Ergänze *tribui conveniat* aus *t. convenerit*, wie §. 1 *misericordem esse* aus *vehementem fuisse*, §. 11 *me consule facta est* aus *facta esse dicitur*, §. 91 *relictus esse videbatur* aus *videretur*.

sin est in me. Statt im directen Gegensatz: *sin ego sum constans* — fortzufahren, nennt Cicero die leitenden Principien seines Verfahrens, die, wenn zugestanden, auch Consequenz ergeben.

ratio rei p. Rücksichtnahme auf das Wohl, das Interesse des Staates; *religio privati officii*, gewissenhafte Erwägung seiner Pflichten Privatpersonen gegenüber.

IV. Scheinbar abbrechend beginnt Cicero den Beweis, dass er Sulla mit gutem Gewissen vertheidige, denn er könne Sicheres wissen (§. 13) und habe nichts gegen ihn vernommen (§. 14).

§. 11. *constituuntur*, ein technischer Ausdruck, vgl. in Verr. 5 §. 1: *Ita enim causa constituitur, provinciam Siciliam virtute istius et vigilantia singulari — a belli periculis tutam esse servatam.* An beiden Stellen ist von der *propositio* des Gegners die Rede.

Lepido et Volcatio coss., s. Einl. 4 A. 12; *facta esse dicitur*, Einl. 6 A. 20.

harum in utraque, aber *in utraque coniuratione*, s. d. Gramm.

summus tecum usus, s. §. 34.

sermonum, i. e. consiliorum, der Besprechungen des Consuls Torquatus mit seinen vertrauten Freunden.

credo quod — sagt Cicero mit bitterer Ironie, weil er sich zurückgesetzt fühlt, da er im J. 66 schon Praetor gewesen war. Zur Phrase vgl. de prov. cons. §. 40: *posteaquam sum penitus in rem p. ingressus.*

honoris, der Singular, weil im abstracten Sinne, aber: *honorum populi finis est consulatus*, p. Planc. §. 60, im concreten.

ambitio et forensis labor, wie de

12 12. Quis ergo intererat vestris consiliis? Omnes hi, quos vides
huic adesse, et in primis Q. Hortensius; qui quum propter honorem
ac dignitatem atque animum eximium in rem publicam, tum propter summam familiaritatem summumque amorem in patrem tuum
quum communibus, tum praecipuis patris tui periculis commoveba-
tur. Ergo istius coniurationis crimen defensum ab eo est, qui in-
terfuit, qui cognovit, qui particeps et consilii vestri fuit et timoris;
cuius in hoc crimine propulsando quum esset copiosissima atque
ornatissima oratio, tamen non minus inerat auctoritatis in ea quam
facultatis. Illius igitur coniurationis, quae facta contra vos, delata
ad vos, a vobis prolata esse dicitur, ego testis esse non potui; non
modo animo nihil comperi, sed vix ad aures meas istius suspitionis
13 fama pervenit. 13. Qui vobis in consilio fuerunt, qui vobiscum illa
cognorunt, quibus ipsis periculum tum conflari putabatur, qui Autronio non adfuerunt, qui in illum testimonia gravia dixerunt, hunc
defendunt, huic adsunt, in huius periculo declarant se non crimine
toniurationis, ne adessent ceteris, sed hominum maleficio deterri-
cos esse. Mei consulatus autem tempus et crimen maximae coniurationis a me defendetur. Atque haec inter nos partitio non est
fortuito, iudices, nec temere facta; sed quum videremus eorum
criminum nos patronos adhiberi, quorum testes esse possemus,
uterque nostrum id sibi suscipiendum putavit, de quo aliquid scire
14 ipse atque existimare potuisset. V. 14. Et quoniam de criminibus

---

Or. I §. 1: *infinitus forensium re-*
rum labor et ambitionis occupatio.
Durch seine gerichtliche Thätigkeit
suchte Cicero emporzusteigen, damals sich schon für das Consulat zu
empfehlen.

§. 12. *propter honorem*, als Consular. Zu dem doppelten *quum —*
tum vgl. das doppelte *et — et* §. 24.

cognovit, hier und im Folgenden
gerichtlicher Ausdruck; der Richter
erkundet durch Untersuchung.

copiosissima dem Inhalte, *orna-*
tissima der Form nach, beides in
Folge seiner *facultatis;* aber *aucto-*
ritatis, wie §. 2, 10, weil er mit
genauester Kenntniss sprach.

facta — prolata mit Mischung
der anaphorischen und chiastischen
Stellung; a. L. *contra vos facta.*

animo ist zu *comperi*, das schon
allein 'genau und zuverlässig erfahren' heisst, des rhetorischen Ge-
gensatzes wegen hinzugesetzt. So
wird auch §. 26 und 33 *animus* und
mens mit *aures* gepaart.

§. 13. *vobis*, Vater und Sohn;
in consilio fuerunt: Der unter-
suchende Magistrat umgab sich mit
einem Beirath rechtskundiger Männer; daher die Redensarten: *consi-*
lium advocare, convocare, dimit-
tere, ad c. referre, alicui in consi-
lio esse.

quibus ipsis: denn auch die Consulare sollten bedroht gewesen sein,
s. Einl. 4.

maximae coniurationis, der
Hauptverschwörung. Zum Super-
lativ vgl. §. 81 *primam illam con-*
iurationem, und so öfters *actio*
prima für *a. prior.*

partitio. Wenige Hss. setzen die
Erklärung *defensionis* hinzu.

scire ipse, als Theilnehmer oder
Leiter der Untersuchung; *potuis-*
set: In den Gedanken des Spre-
chenden mischen sich zwei Ausdrücke, *scire possum, cognoscere*
potui.

superioris coniurationis Hortensium diligenter audistis, de hac coniuratione, quae me consule facta est, hoc primum attendite. ✓.

Multa, quum essem consul, de summis rei publicae periculis audivi, multa quaesivi, multa cognovi: nullus umquam de Sulla nuntius ad me, nullum indicium, nullae litterae pervenerunt, nulla suspitio. Multum haec vox fortasse valere deberet eius hominis, qui consul insidias rei publicae consilio investigasset, veritate aperu-isset, magnitudine animi vindicasset, quum is se nihil audisse de P. Sulla, nihil suspicatum esse diceret. Sed ego nondum utor hac voce ad hunc defendendum: ad purgandum me potius utar, ut mirari Torquatus desinat me, qui Autronio non adfuerim, Sullam defendere. 15. Quae enim Autronii fuit causa? quae Sullae est? 15 Ille ambitus iudicium tollere ac disturbare primum conflato voluit gladiatorum ac fugitivorum tumultu, deinde, id quod vidimus om- nes, lapidatione atque concursu: Sulla, si sibi suus pudor ac digni- tas non prodesset, nullum auxilium requisivit. Ille damnatus ita se gerebat non solum consiliis et sermonibus, verum etiam aspectu atque vultu, ut inimicus esse amplissimis ordinibus, infestus bonis omnibus, hostis patriae videretur: hic se ita fractum illa calamitate atque adflictum putavit, ut nihil sibi ex pristina dignitate superesse arbitraretur, nisi quod modestia retinuisset. 16. Hac vero in con- 16 iuratione quid tam coniunctum quam ille cum Catilina, cum Len- tulo? quae tanta societas ullis inter se rerum optimarum, quanta ei cum illis sceleris, libidinis, audaciae? quod flagitium Lentulus non cum Autronio concepit? quod sine eodem illo Catilina facinus admisit? quum interim Sulla cum eisdem illis non modo noctem solitudinemque non quaereret, sed ne mediocri quidem sermone et congressu coniungeretur. 17. Illum Allobroges, maximarum rérum 17

V. §. 14. *nuntius — litterae*, s. §. 17.

nulla suspitio hat man als Glos- sem aus §. 20 ohne zureichenden Grund verdächtigt. Durch ein Zeugma gehört dazu *ad me perve- nit;* die significante Stellung er- setzt ein hervorhebendes *denique.*

valere deberet, nämlich als Zeug- niss für Sulla, wozu es erst später dienen soll; s. §. 85.

veritate für *ad veritatem* der Symmetrie wegen.

§. 15. Nun rechtfertigt Cicero sein verschiedenes Verfahren gegen Autronius und Sulla aus der Ver- schiedenheit der Persönlichkeiten und Sachen.

ambitus iudicium tollere, s. Einl. 4.

pudor, das gekränkte Ehrgefühl, das ihn zur Zurückgezogenheit be- stimmte.

aspectu im passiven Sinne, wie §. 66.

amplissimis ordinibus, aus denen die Richter, die ihn verurtheilt, ge- nommen waren.

§. 16. *Hac vero*, mit Steigerung fortfahrend: 'nun gar in der letzten'.

cum Lentulo, s. Einl. 1.

noctem solitudinemque, s. §. 52.

mediocri, weniger als *multo ser- mone* (Cic.), fast = *exiguo* (Pro- pert. 3, 1, 31).

§. 17. *Allobroges*, Gesandte der Allobrogen, die, durch Lentulus zur Betheiligung am Aufstande aufgefordert, ihn verriethen. Sall. Cat. 40.

verissimi indices, illum multorum litterae ac nuntii coarguerunt:
Sullam interea nemo insimulavit, nemo nominavit. Postremo, eiecto
sive emisso iam ex urbe Catilina, ille arma misit, cornua, tubas,
fasces, signa legionis: ille relictus intus, exspectatus foris, Lentuli
poena compressus convertit se aliquando ad timorem, numquam
ad sanitatem: hic contra ita quievit, ut eo tempore omni Neapoli
fuerit, ubi neque homines fuisse putantur huius adfines suspitionis,
et locus est ipse non tam ad inflammandos calamitosorum animos
quam ad consolandos accommodatus.

    VI. Propter hanc igitur tantam dissimilitudinem hominum at-
18 que causarum dissimilem me in utroque praebui. 18. Veniebat
enim ad me et saepe veniebat Autronius, multis cum lacrimis supplex, ut se defenderem, et se meum condiscipulum in pueritia, fami-
liarem in adolescentia, collegam in quaestura commemorabat fuisse;
multa mea in se, non nulla etiam sua in me proferebat officia.
Quibus ego rebus, iudices, ita flectebar animo atque frangebar, ut
iam ex memoria quas mihi ipsi fecerat insidias deponerem, ut iam
immissum esse ab eo C. Cornelium, qui me in sedibus meis, in con-

litterae ac nuntii, aus den Orten,
wo der Aufstand ausbrechen sollte.
Sall. Cat. 29 u. 30.

eiecto sive emisso sagt Cicero den
härteren Ausdruck mildernd, wie
in Catil. II §. 1: *vel eiecimus vel
emisimus vel ipsum egredientem
verbis prosecuti sumus.*

arma misit — anscheinend im
Widerspruch mit Cat. II §. 13:
*quum arma, quum secures, quum
fasces, quum tubas, quum signa
militaria — scirem esse praemissa.*
Die Ausrüstung dauerte auch nach
Catilina's Entfernung fort, war
selbst zuletzt noch nicht vollendet.
Sall. Cat. 56.

signa legionis, zweifelhafte Ver-
besserung der handschriftlichen
Lesart *s. legiones,* durch *signa militaria* in Catil. l. c. einigermassen
gestützt. Der Singular vielleicht
darum, weil Catilina anfangs nur
2000 Mann hatte, die er hernach
mit Mühe auf zwei Legionen
brachte. Sall. Cat. 56. Andere
schliessen *legiones* als Glossem ein.

exspectatus foris, d. h. in Etrurien, s. §. 53. Hieraus kann man
vielleicht entnehmen, dass Autronius auch damals, wie in der ersten
Verschwörung, zum Collegen Catilina's im Consulat bestimmt war
oder doch dafür gelten soll. Um

im Lager als Consuln aufzutreten,
brauchten sie die hier und in Cat.
l. c. erwähnten *fasces.*

aliquando = nonnumquam im
Gegensatze zu *numquam.*

Neapoli, s. Einl. 7 Anm. 21.

huius adfines suspitionis: Doch
war die Nachbarschaft von Verdacht nicht frei, s. §. 53, 60.

VI. Je mehr Anlass Cicero hatte
auch gegen Autronius Milde walten
zu lassen, desto zwingender müssen
die Gründe gewesen sein, die ihn
zu einem anderen Verfahren bestimmten.

in utroque, i. e. in utriusque causa,
daher der Ablativ, vgl. *in quo* §. 87.

§. 18. *Veniebat — saepe v.* Erläuterung mit Wiederholung desselben Worts, wie §. 64 *dicerem et
— libenter dicerem.*

in quaestura, im J. 75.

immissum — ab eo: Um seine
Schuld zu erhöhen, schreibt Cicero
ihm als Theilnehmer jener nächt-
lichen Berathung zu, was doch des
Cornelius freier Entschluss war, s.
§. 52, und nennt diesen allein ohne
Vargunteius (s. Einl. 1 Anm. 5),
weil sein Sohn Mitankläger war.

in sedibus meis, wie de domo s.
§. 147: *ut me in sedibus meis con-
locetis,* und so braucht Cicero auch
anderwärts den Plural von dem

spectu uxoris ac liberorum meorum trucidaret, obliviscerer. Quae si de uno me cogitasset, qua mollitia sum animi ac lenitate, numquam mehercule illius lacrimis ac precibus restitissem: 19. sed 19 quum mihi patriae, quum vestrorum periculorum, quum huius urbis, quum illorum delubrorum atque templorum, quum puerorum infantium, quum matronarum ac virginum veniebat in mentem, et quum illae infestae ac funestae faces universumque totius urbis incendium, quum tela, quum caedes, quum civium cruor, quum cinis patriae versari ante oculos atque animum memoria refricare coeperat, tum denique ei resistebam, neque solum illi, hosti ac parricidae, sed his etiam propinquis illius, Marcellis, patri et filio, quorum alter apud me parentis gravitatem, alter filii suavitatem obtinebat; neque me arbitrabar sine summo scelere posse, quod maleficium in aliis vindicassem, idem in illorum socio, quum scirem, defendere. 20. Atque idem ego neque P. Sullam suppli- 20 cem ferre neque eosdem Marcellos pro huius periculis lacrimantes aspicere neque huius M. Messallae, hominis necessarii, preces sustinere potui; neque enim est causa adversata naturae, nec homo nec res misericordiae meae repugnavit. Nusquam nomen, nusquam vestigium fuerat, nullum crimen, nullum indicium, nulla suspitio. Suscepi causam, Torquate, suscepi, et feci libenter, ut me, quem boni constantem, ut spero, semper existimassent, eumdem ne improbi quidem crudelem dicerent.

   VII. 21. Hic ait se ille, iudices, regnum meum ferre non 21

Wohnsitz eines Einzelnen. Eine Umstellung *in meis sedibus* begünstigt Lambins Emendation *in meis aedibus*.

qua mollitia sum, i. e. pro mea m.

§. 19. *patriae* hängt von *periculorum* ab, s. §. 14. Beachte die zweigliedrige Gruppirung.

memoria ist Ablativ, wie anderwärts *vulnus dicendo, dolorem oratione, litteris refricare*.

tum denique, wie §. 38, von *tum demum* kaum verschieden.

illi nimmt *ei* auf im Gegensatze; *hosti* etc. ist Apposition, s. zu §. 3.

Marcellis, patri et filio, beide mit dem Vornamen Caius, Nachkommen des Eroberers von Syrakus M. Claudius Marcellus. Der Vater wird als Statthalter von Sicilien 79 und als einer der Richter des Verres 70 genannt; der Sohn war im J. 50 Consul und im Bürgerkrieg lauer Pompejaner. Cicero's freundliche Verbindung mit ihnen bezeu-

gen auch die Briefe ad Fam. XV, 7—11.

quum scirem, sc. socium esse, im Gegensatz zu *nulla suspitio* §. 20.

§. 20. *Atque idem* mit adversativem Sinne, 'und doch auch wieder'.

M. Messallae, vielleicht der Consul des folgenden Jahres 61, den Cicero ad Att. I, 14, 6 rühmt: *Messalla consul est egregius, fortis, constans, diligens, nostri laudator, amator, imitator.*

nec homo—repugnavit: Wiederholung desselben Gedankens mit anderen Worten, die s. g. *interpretatio*; vgl. den Parallelismus der Psalmen. Unnöthig ist die Emendation: [*nec homo*] *nec reus.*

Suscepi — suscepi: Dieselbe Figur auch §. 41, 46, 80.

VII. Wie andere Gegner Cicero's, hat auch Torquatus ihm tyrannisches Walten vorgeworfen (*regnum* §. 21) und seine Herkunft verspottet (*peregrinum* §. 22).

§. 21. *regnum*. So sagte auch P.

posse. Quod tandem, Torquate, regnum? Consulatus, credo, mei:
in quo ego imperavi nihil et contra patribus conscriptis et bonis
omnibus parui; quo in magistratu non institutum est a me videlicet
regnum, sed repressum. An tum in tanto imperio tantaque potestate non dicis me fuisse regem, nunc privatum regnare dicis? quo
tandem nomine? 'Quod, in quos testimonia dixisti', inquit, 'damnati sunt; quem defendis, sperat se absolutum iri'. Hic tibi ego de
testimoniis meis hoc respondeo: si falsum dixerim, te in eosdem
dixisse; sin verum, non esse hoc regnare, quum verum iuratus di-
cas, probare. De huius spe tantum dico, nullas a me opes P. Sullam, nullam potentiam, nihil denique praeter fidem defensionis
22 exspectare. 22. 'Nisi tu', inquit, 'causam recepisses, numquam
mihi restitisset, sed indicta causa profugisset'. Si iam hoc tibi
concedam, Q. Hortensium, tanta gravitate hominem, si hos, tales
viros, non suo stare iudicio, sed meo; si hoc tibi dem, quod credi

Clodius im J. 61: *quousque hunc
regem feremus?* ad Att. I, 16, 10,
und 'schon 63 sprach Cicero die
Furcht aus: *si in hunc* (Catilinam)
*animadvertissem, crudeliter et re-
gie factum esse dicerent.* in Cat. I
§. 30.

Consulatus: der Hinrichtung der
Catilinarier wegen, s. zu §. 31. Die
Widerlegung folgt, wie öfters, s.
§. 54, 90, in einem Relativsatz mit
adversativem Sinne.

et contra, wie p. Marc. §. 20: *non
enim tua ulla culpa est — contra-
que summa laus.* An eine Vernei-
nung wird oft die entgegengesetzte
Bejahung mit *et, que, atque* ange-
knüpft.

patribus — parui, insofern er
alles dem Senate vortrug und dessen Beschlüsse dem Volk mittheilte.
Vgl. Phil. II §. 11: *Qui consulatus
verbo meus, p. c., re vester fuit.
Quid enim constitui, quid gessi,
quid egi nisi ex huius ordinis consilio, auctoritate, sententia?*

videlicet, einfach bekräftigend
ohne ironischen Nebensinn, wie
§. 39.

sed repressum, mit Bezug auf des
Catilina Pläne, des Lentulus Hoffnung, s. §. 70.

in tanto imperio: Cicero denkt
an die durch den Senatsbeschluss:
*'videant consules, ne quid resp.
detrimenti capiat'* ihm übertragene
ausserordentliche Gewalt.

quo nomine, auf welchen Namen,
unter welchem Titel, fast $=$ *qua de
causa,* vgl. p. Rosc. com. §. 14: *an
alio nomine et alia de causa abstu-
lisse?* So auch *uno nomine* §. 81,
eo n., probabili n., n. negligentiae.

Quod, in quos —: So sagt der
Declamator in Cic. §. 3: *Sed, ut
opinor, illa te magis extollunt, quae
post consulatum cum Terentia
uxore de rep. consuluisti, quum legis
Plautiae iudicia domo faciebatis.*

te in eosdem dixisse: also trifft
dich derselbe Vorwurf; *non esse
hoc regnare:* denn nur die Verurtheilung auf unerwiesene, falsche
Aussagen hin könnte Tyrannei
heissen.

iuratus, als vereidigter Zeuge.

tantum, nur soviel, wie §. 43, 62,
71.

opes — potentiam, persönlichen
Einfluss durch seine Stellung im
Staate; *fidem defensionis,* eine gewissenhafte Vertheidigung. Mit
Nachdruck wird öfters das Adjectiv
durch ein Hauptwort ersetzt, vgl.
§. 4 *huius innocentiam* nach *innocentem P. Sullam.*

§. 22. *indicta c. profugisset,* d. h.
er wäre vor dem Termin ins Exil
gegangen, weil er keinen Vertheidiger gefunden hätte.

gravitate, synonym *constantia,*
vgl. §. 10: *inconstans ac levis.*

dem, synonym *concedam,* wie
§. 63.

non potest, nisi ege huic adessem, hos adfuturos non fuisse: uter
tandem rex est, isne cui innocentes homines non resistunt, an is
qui calamitosos non deserit? At hic etiam, id quod tibi necesse
minime fuit, facetus esse voluisti, quum Tarquinium et Numam et
me tertium peregrinum regem esse dixisti. Mitto iam de rege
quaerere: illud quaero, peregrinum cur me esse dixeris. Nam si
ita sum, non tam est admirandum regem esse me, quoniam, ut tu
ais, etiam peregrini reges Romae fuerunt, quam consulem Romae
fuisse peregrinum. 23. 'Hoc dico', inquit, ' te esse ex municipio'. 23
Fateor, et addo etiam ex eo municipio, unde iterum iam salus huic
urbi imperioque missa est. Sed scire ex te pervelim, quam ob rem,
qui ex municipiis veniant, peregrini tibi esse videantur. Nemo istuc
M. illi Catoni seni, quum plurimos haberet inimicos, nemo Ti. Coruncanio, nemo M'. Curio, nemo huic ipsi nostro C. Mario, quum
ei multi inviderent, obiecit umquam. Equidem vehementer laetor
eum esse me, in quem tu, quum cuperes, nullam contumeliam iacere potueris, quae non ad maximam partem civium conveniret.
VIII. Sed tamen te a me pro magnis causis nostrae necessitudinis
monendum esse etiam atque etiam puto. Non possunt omnes esse

uter tandem rex est: Der Nachsatz in Frageform mit Ellipse des
Gedankens: 'so frage ich dich
doch'; vgl. §. 51, 55, 78. Das Folgende nennt Appuleius: *argumentum in adversarium retorquere.*

Tarquinium et Numam, wozu
eigentlich *peregrinos reges fuisse*
gehört; s. zu §. 10.

peregrinum, statt *hominem novum ex municipio.* So nennt Catilina ihn 'inquilinus civis urbis Romae', Sall. Cat. 31, 7.

Mitto, wie §. 75, = *omitto* §. 71.

de rege, d. h. über das Wort
'König'.

si ita sum, i. e. peregrinus. So
nimmt *ita* öfters ein Adjectiv auf,
z. B. Brut. §. 57: *eloquentem fuisse
et ita esse habitum.*

§. 23. *ex municipio,* also kein
Römer, wenn gleich mit römischem
Bürgerrecht.

ex eo municipio, Arpinum im
Volskerlande, von wo auch Marius
gebürtig war; daher *iterum,* wie
de legg. II §. 6: *quod ex eo duo sui*
(i. e. rei p.) *conservatores exsti-
tissent.*

pervelim, wie anderwärts *per-
vellem* und bei Livius *pervelle.*

M. Catoni, aus Tusculum gebürtig. Er wurde 85 Jahre alt; daher
seni, wie p. Arch. §. 16: *M. Cato-
nem illum senem.* Nach Plin. H. N.
VII, 27, 100 soll er 44mal angeklagt,
aber immer freigesprochen, und
mindestens ebenso oft Ankläger
gewesen sein; daher *plurimos inimicos.*

Ti. Coruncanio, Cons. 280, Redner und Rechtsgelehrter und Autorität in Religionssachen, auch der
erste plebejische pontifex maximus.
Nach Cic. p. Planc. §. 20 und dem
Scholiasten zu unserer Stelle war
er auch aus Tusculum gebürtig;
dagegen leitete der Kaiser Claudius
(Tac. Ann. XI, 24) die Coruncanii
aus Camerium ab.

M'. Curio Dentato, dem Sieger
bei Benevent 275. Seine Vaterstadt
ist unbekannt.

ad maximam partem civium, insofern mit der zunehmenden Macht
Roms immer mehr Bürger aus den
Landstädten nach der Hauptstadt
übergesiedelt waren.

VIII. *a me — monendum,* eine der
seltenen Ausnahmen, s. d. Gramm.
pro magnis causis n. n. s. §. 34.

patricii; si verum quaeris, ne curant quidem, nec se aequales tui
24 propter istam causam abs te anteiri putant. 24. Ac si tibi nos peregrini videmur, quorum iam et nomen et honos inveteravit et urbi
huic et hominum famae ac sermonibus, quam tibi illos competitores
tuos peregrinos videri necesse erit, qui iam ex tota Italia delecti
tecum de honore ac de omni dignitate contendent; quorum cave tu
quemquam peregrinum appelles, ne peregrinorum suffragiis obru-
are. Qui si attulerint nervos et industriam, mihi crede, excutient
tibi istam verborum iactationem et te ex somno saepe excitabunt,
nec patientur se abs te, nisi virtute vincentur, honore superari.
25 25. Ac si, iudices, ceteris patriciis me et vos peregrinos videri
oporteret, a Torquato tamen hoc vitium sileretur; est enim ipse a
materno genere municipalis, honestissimi ac nobilissimi generis,
sed tamen Asculani. Aut igitur doceat Picentes solos non esse peregrinos, aut gaudeat, suo generi me meum non anteponere. Quare
neque tu me peregrinum posthac dixeris, ne gravius refutere, neque regem, ne derideare. Nisi forte regium tibi videtur ita vivere,
ut non modo homini nemini, sed ne cupiditati quidem ulli servias,
contemnere omnes libidines, non auri, non argenti, non ceterarum
rerum indigere, in senatu sentire libere, populi utilitati magis con-

---

patricii, wie Torquatus; *ne curant quidem*, weil mit der Eröff-
nung aller Aemter für Plebejer die
Vorrechte der Patricier längst er-
loschen waren.

§. 24. *et nomen:* Zu dem doppelten *et — et* vgl. das doppelte *quum
— tum* §. 12; doch ist hier das erste
et handschriftlich nicht ganz sicher.

inveteravit: denn Arpinum hatte
schon seit 188 das volle Bürgerrecht, *civitas cum suffragio.*

competitores tuos. wahrscheinlich
um die Quaestur; denn Torquatus
bekleidete im J. 49 die Praetur.

ex tota Italia, denn seit dem mar-
sischen Krieg 88 war allen itali-
schen Bundesgenossen das Bürgerrecht gegeben.

de honore, um das einzelne Amt,
wie die Erweiterung zeigt.

Qui si —, auf das entferntere
competitores tuos bezogen.

§. 25. *me et vos.* Cicero erinnert
daran, dass Torquatus auch manche
unter den Richtern, die aus Muni-
cipien stammten, gekränkt hat.

sileretur, Conjunctiv der Forde-
rung, 'sollte, hätte sollen', wie in
Verr. 5 §. 59: *quo tempore — etiamsi*

*precario essent rogandi, tamen ab
iis impetraretur.*

a materno genere, 'von her, von
Seiten', auf verwandtschaftliche
Beziehungen übertragen, wie Sueton. Aug. 4: *Balbus a matre Ma-
gnum Pompeium arctissimo contin-
gebat gradu.* A. L. *materno g.* als
Abl. determ.

Asculani, aus Asculum in Pice-
num, wo der Bundesgenossenkrieg
ausbrach.

meum non anteponere, insofern
Asculum erst 88, also 100 Jahre
später als Arpinum das volle Bürgerrecht erhalten hatte.

neque — dixeris, ein Beispiel von
neque bei einem prohibitiven Conjunctiv.

homini nemini: Diese Verbindung, welche der Grammatiker
Donatus einen ἀρχαϊσμός nennt,
braucht Cicero manchmal.

sentire libere, mit Uebergang in
die Bedeutung von *sententiam dicere;* vgl. §. 82.

utilitati, als wahrer Volksfreund,
voluntati, als Demagog; vgl. in
Catil. IV §. 9: *Intellectum est, quid
interesset inter levitatem contiona-*

sulere quam voluntati, nemini cedere, multis obsistere. Si hoc putas esse regium, me regem esse confiteor; sin te potentia mea, si dominatio, si denique aliquod dictum adrogans aut superbum movet, quin tu id potius profers quam verbi invidiam contumeliamque maledicti?

IX. 26. Ego, tantis a me beneficiis in re publica positis, si 26 nullum aliud mihi praemium ab senatu populoque Romano nisi honestum otium postularem, quis non concederet? Sibi haberent honores, sibi imperia, sibi provincias, sibi triumphos, sibi alia praeclarae laudis insignia: mihi liceret eius urbis, quam conservassem, conspectu tranquillo animo et quieto frui. Quid, si hoc non postulo? si ille labor meus pristinus, si sollicitudo, si officia, si operae, si vigiliae deserviunt amicis, praesto sunt omnibus; si neque amici in foro requirunt studium meum neque res publica in curia; si me non modo non rerum gestarum vacatio, sed neque honoris neque aetatis excusatio vindicat a labore; si voluntas mea, si industria, si domus, si animus, si aures patent omnibus; si mihi ne ad ea quidem, quae pro salute omnium gessi, recordanda et cogitanda quidquam relinquitur temporis: tamen hoc regnum appellabitur, cuius vicarius qui velit esse inveniri nemo potest? Longe abest a me regni

torum et animum vere popularem, saluti populi consulentem.

si denique, zum Aeussersten herabsteigend, 'ja wenn endlich auch nur'.

verbi invidiam, i. e. verbum invidiosum, wie *vocis contumeliam* in Cat. I §. 16; s. zu §. 21.

IX. Sein unsträfliches (§. 25), mühevolles und durch den Hass der demokratischen Partei bedrohtes Leben stelle ihn vor einem solchen Vorwurf sicher.

§. 26. *tantis a me:* ein Beispiel, dass das Subject des Hauptsatzes in den Abl. absol. aufgenommen ist.

b. *in re p. positis:* Damit vgl. ad Fam. XIII, 54: *apud gratos homines beneficium ponis*, und *pecuniam apud alqm*, aber *in re, praedio, fundo, provincia ponere, collocare*, anlegen.

Sibi haberent mit leicht verständlichem Subject: missgünstige Aristokraten, wie Torquatus; ein Conj. permissivus im Imperfect, weil noch unter dem Einfluss des vorausgehenden Condicionalsatzes, der einen der Wirklichkeit widerspre-

chenden Fall annimmt, also 'dann immerhin'. Es folgt asyndetisch ein beschränkender Nachsatz, = *dum modo mihi liceret*. Vgl. p. Flacc. §. 104: *sibi habeant potentiam, sibi honores, sibi ceterorum commodorum summas facultates: liceat his, qui haec salva esse voluerunt, ipsis esse salvis.*

alia — insignia, wie Statuen, Titel, Ehrenkronen.

pristinus, vor seinem Consulat.

in foro, nämlich als Anwalt vor Gericht, s. §. 49.

vacatio mit einem Genitiv des Umstandes, welcher die Dienstbefreiung gewährt, wie anderwärts *aetatis, adolescentiae v.*

recordanda et cogitanda: Cicero ging mit dem Gedanken um, Denkwürdigkeiten über sein Consulat abzufassen. So schreibt er im J. 60 an seinen Freund Atticus ep. I, 19, 10: *commentarium consulatus mei Graece compositum ad te misi — Latinum si perfecero, ad te mittam.* Auch machte er darüber ein episches Gedicht in drei Büchern, wovon ein langes Bruchstück de Divin. I c. 11 f.

27 suspitio: 27. sin quaeris, qui sint Romae regnum occupare conati,
ut ne replices annalium memoriam, ex domesticis imaginibus in-
venies. Res enim gestae, credo, meae me nimis extulerunt ac mihi
nescio quos spiritus attulerunt. Quibus de rebus tam claris, tam
immortalibus, iudices, hoc possum dicere, me, qui ex summis periculis eripuerim urbem hanc et vitam omnium civium, satis adeptum
fore, si ex hoc tanto in omnes mortales beneficio nullum in me
28 periculum redundarit. 28. Etenim in qua civitate res tantas gesserim, memini; in qua urbe verser, intelligo. Plenum forum est
eorum hominum, quos ego a vestris cervicibus depuli, iudices, a
meis non removi; nisi vero paucos fuisse arbitramini, qui conari
aut sperare possent se tantum imperium posse delere. Horum ego
faces eripere de manibus et gladios extorquere potui, sicuti feci;
voluntates vero consceleratas ac nefarias nec sanare potui nec tollere.
Quare non sum nescius, quanto periculo vivam in tanta multitudine
improborum, quum mihi uni cum omnibus improbis aeternum vi-
29 deam bellum susceptum esse. X. 29. Quodsi illis meis praesidiis

§. 27. *sin quaeris*, ein Beispiel
von *sin* ohne ein correspondirendes
si, aber nur aus einer Handschrift.

ut ne, damit nicht erst, wie p.
Caec. §. 95: *ut ne longius abeam.*

replices annalium memoriam, ein
kühner Ausdruck, wie de Legg. III,
14,31: *si velis replicare memoriam
temporum*, die Kunde, Urkunde auf-
schlagen.

ex domesticis imaginibus: An-
spielung auf jenen M. Manlius, der
390 das Capitol rettete, aber später
als Hochverräther vom tarpejischen
Felsen gestürzt wurde. *Invenire,*
wie *quaerere, cognoscere,* mit *ex*
construirt; vgl. Verr. IV §. 108:
*aditum est ad libros Sibyllinos, ex
quibus inventum est.*

Res enim gestae, credo: ironische
Begründung des Satzes: *regem me
esse dicis,* zum Uebergang auf einen
neuen Theil der Widerlegung.

extulerunt — attulerunt, eine bei
Cic. häufige Art des Wortspiels, zur
annominatio, παρονομασία gehö-
rig, vgl. §. 47, 63, 65.

spiritus, wie de imp. Cn. Pomp.
§. 66: *unius tribuni militum animos ac spiritus,* oder Caes. b. Gall.
I, 33, 5: *Ariovistus tantos sibi spiritus, tantam arrogantiam sum-
pserat.*

adeptum fore, ein Infin. Fut. II,

wie Liv. XXIII, 13, 6: *debellatum-
que mox fore rebantur.*

omnes mortales, wie *multi m.,*
einmal auch *mortalis nemo,* Lael.
§. 18 erklärt der Rhetor M. Fronto
bei Gell. N. A. XIII, 28, 4 für ἐμ-
φατικώτερον als *homines.*

§. 28. *Etenim — intelligo,* ein
Beispiel der *interpretatio,* s. §. 20

sicuti feci: Welches Adverb. er-
gänzen wir? vgl. §. 49 *sicuti partus est.*

voluntates vero im starken Gegensatz. Cicero wiederholt den Gedanken aus in Cat. IV §. 22: *qui
autem ex numero civium, dementia
aliqua depravati, hostes patriae
semel esse coeperunt, eos quum a
pernicie rei p. reppuleris, nec vi
coërcere nec beneficio placare pos-
sis: quare mihi cum perditis civibus aeternum bellum susceptum
esse video.* Man sieht aus diesen
Stellen, dass er sich seiner schwie-
rigen Stellung zwischen der Missgunst der Aristokraten und dem
Hass der Demokraten wohl bewusst
war.

mihi susceptum: Der Dativ beim
Part. Perf. Pass. drückt den für jemand vorhandenen Zustand, weniger die von jemand vorgenom-
mene Handlung aus.

forte invides et si ea tibi regia videntur, quod omnes boni omnium generum atque ordinum suam salutem cum mea coniungunt, consolare te, quod omnium mentes improborum mihi uni maxime sunt infensae et adversae; qui me non modo solum idcirco oderunt, quod eorum conatus impios et furorem consceleratum repressi, sed eo etiam magis, quod nihil iam se simile me vivo conari posse arbitrantur. 30. At vero quid ego mirer, si quid ab improbis de 30 me improbe dicitur, quum L. Torquatus, primum ipse iis fundamentis adolescentiae iactis, ea spe proposita amplissimae dignitatis, deinde L. Torquati, fortissimi consulis, constantissimi senatoris, semper optimi civis filius, interdum efferatur immoderatione verborum? Qui quum suppressa voce de scelere [P. Lentuli], de audacia coniuratorum omnium dixisset, tantum modo ut vos, qui ea probatis, exaudire possetis, de supplicio, [de Lentulo], de carcere magna et queribunda voce dicebat. 31. In quo primum illud erat 31 absurdum, quod, quum ea, quae leviter dixerat, vobis probare volebat, eos [autem], qui circum iudicium stabant, audire nolebat, non intelligebat ea, quae clare diceret, ita illos audituros, quibus se venditabat, ut vos quoque audiretis, qui [id] non probabatis; deinde

<table>
<tr><td valign="top">

X. §. 29. *quod omnes* — 'dass nämlich'—ist weitere Ausführung sowohl zu *ea*, sc. praesidia, wie zu *illis*.

cum mea coniungunt: Doch liessen sie ihn bald im Stich, und nach wenigen Jahren (im April 58) musste er ins Exil gehen, '*quod indemnatos cives necavisset*'.

non modo solum — ist die Lesart fast aller Hss. Zu der Häufung vgl. *tantummodo* und bei Späteren *solummodo*. Manche tilgen *modo*.

nihil iam se simile: Doch erlebte er noch Caesars Dictatur und das zweite Triumvirat.

§. 30. Cicero tadelt die Weise, wie Torquatus über die Hinrichtung des Lentulus und seiner Genossen gesprochen, als Unverstand, als oratorischen und als politischen Fehler (§. 31, 32) rühmt sich seiner Thaten im Consulat (§. 33) und hebt des Torquatus Betheiligung an denselben hervor (§. 34).

ipse, er für seine Person, im Gegensatz zu *L. Torquati filius*, wie p. Flacc. §. 2: *D. Laelium, optimi viri filium, optima ipsum spe praeditum summae dignitatis.*

iis fundamentis, s. §. 34.

</td><td valign="top">

immoderatione, ein Abl. rei efficientis, den wir als Ziel fassen: 'sich hinreissen lässt zur —'.

P. Lentuli und *de Lentulo* sind wohl nur Glossen; *de scelere* verbinde mit *omnium*; den Gegensatz zu *omnium* verschweigt Cicero bei *de supplicio*.

tantum modo, nur so laut.

exaudire, heraushören, sei es aus der Ferne oder bei Geräusch oder der schwachen Stimme des Redenden.

§. 31. *leviter*, leichthin, ohne Nachdruck, *suppressa voce*.

vobis — eos: Mit der Annahme, dass die Richter conservativ gesinnt sind, dass in der umstehenden *corona* die demokratische Partei stark vertreten ist.

volebat — nolebat: Der Gleichklang eint die beiden Satzglieder; daher tilgt man mit Recht nach einer Hs. die Conjunction. Vgl. zu §. 3.

ita — ut vos quoque subordinirt, was coordinirt 'non modo — sed etiam' lauten würde.

id nach *ea quae* ist anstössig; *probabatis* auf den einzelnen Fall bezogen, während vorher *probatis*

</td></tr>
</table>

alterum iam oratoris vitium, non videre quid quaeque causa postu-
let. Nihil est enim tam alienum ab eo, qui alterum coniurationis
accuset, quam videri coniuratorum poenam mortemque lugere.
Quod quum is tribunus plebis facit, qui unus videtur ex illis ad lu-
gendos coniuratos relictus, nemini mirum est; difficile est enim
tacere, quum doleas: te, si quid eius modi facis, non modo talem
adolescentem, sed in ea causa, in qua te vindicem coniurationis
32 velis esse, vehementer admiror. 32. Sed reprehendo tamen illud
maxime, quod isto ingenio et prudentia praeditus causam rei publicae non tenes, qui arbitrere plebi Romanae res eas non probari,
quas me consule omnes boni pro salute communi gesserunt. XI.
Ecquem tu horum, qui adsunt, quibus te contra ipsorum volunta-
tem venditabas, aut tam sceleratum statuis fuisse, ut haec omnia
perire voluerit, aut tam miserum, ut et se perire cuperet et nihil
haberet quod salvum esse vellet? An vero clarissimum virum generis vestri ac nominis nemo reprehendit, qui filium suum vita pri-
vavit, ut in ceteros firmaret imperium: tu rem publicam reprehen-

ihre bleibende Gesinnung bezeichnet. Zum Tadel Ciceros vgl. ad
Heren. II §. 43: *item vitiosum est,
quod dicitur contra iudicis volun-
tatem aut eorum qui audiunt.*

oratoris, eines Redners, ein ora-
torischer. Zur Sache vgl. de Orat.
II §. 295: *non tam ut prosim causis, elaborare soleo, quam ut ne
quid obsim; non quin enitendum
sit in utroque, sed tamen multo est
turpius oratori nocuisse videri causae quam non profuisse.*

unus — ex illis — relictus:
wahrscheinlich L. Calpurnius Be-
stia, ein Mitverschworner (Sall.
Cat. 17, 3) und dazu bestimmt,
durch eine Anklage des Cicero in
einer Contio den übrigen das Signal
zum Losbruch in der nächsten
Nacht zu geben (ib. 43, 1). Die
Verhaftung und Hinrichtung des
Lentulus und seiner vier Genossen
kam dem zuvor; aber gleich nach
Antritt seines Amtes (am 10. Dec.
63) begann er mit seinem Collegen
Q. Metellus Nepos (s. §. 34) die Angriffe auf Cicero. Plut. Cic. 23.

§. 32. *causam rei p. non tenes,*
'du hast nicht inne, du kennst nicht
die Sache, das Interesse des Staates.
Zu *tenere = nosse* vgl. z. B. in
Catil. III §. 16: *omnia norat, omnium aditus tenebat.*

XI. *tam sceleratum*, als Mitver-
schworener; *tam miserum*, und
darum gegen das Leben gleichgültig. Die Umstimmung des niederen
Volkes, das anfangs Catilinas Pläne
begünstigt hatte, als die Absicht
mit Brandstiftung den Aufstand zu
beginnen bekannt wurde, bezeugt
auch Sall. Cat. 48.

haec, rund um sich zeigend, die
Stadt und in weiterem Sinne das
Reich, vgl. §. 76.

cuperet nach *voluerit* unterschei-
det den dauernden Gemüthszustand
von dem einmal vorhandenen Gedanken.

An vero etc., ein s. g. *argumentum a minore ad maius* in asynde-
tischer Form, wo wir ' während'—
oder 'hat ja doch — und' einsetzen;
vgl. Tusc. V §. 89: *An Scythes
Anacharsis potuit pro nihilo pecuniam ducere: nostrates philosophi
non poterunt?*

clarissimum virum, jenen T.
Manlius Torquatus, der im Latiner-
kriege 340 seinen Sohn hinrichten
liess, weil er gegen seinen Befehl
gekämpft hatte.

in ceteros, wie Cat. M. §. 37:
(Appius Claudius Caecus) *tenebat
non modo auctoritatem, sed etiam
imperium in suos.*

rem publicam, in der Person des

dis, quae domesticos hostes, ne ab iis ipsa necaretur, necavit? 33.33
Itaque attende iam, Torquate, quam ego defugiam auctoritatem
consulatus mei. Maxima voce, ut omnes exaudire possint, dico
semperque dicam: adeste omnes animis, qui adestis [corporibus],
quorum ego frequentia magno opere laetor; erigite mentes auresque vestras et me de invidiosis rebus, ut ille putat, dicentem attendite! Ego consul, quum exercitus perditorum civium clandestino
scelere conflatus crudelissimum et luctuosissimum exitium patriae
comparasset, quum ad occasum interitumque rei publicae Catilina
in castris, in his autem templis atque tectis dux Lentulus esset constitutus, meis consiliis, meis laboribus, mei capitis periculis, sine
tumultu, sine dilectu, sine armis, sine exercitu, quinque hominibus
comprehensis atque confessis incensione urbem, internicione cives,
vastitate Italiam, interitu rem publicam liberavi; ego vitam omnium
civium, statum orbis terrae, urbem hanc denique, sedem omnium
nostrum, arcem regum ac nationum exterarum, lumen gentium,
domicilium imperii, qninque hominum amentium ac perditorum
poena redemi. 34. An me existimasti haec iniuratum in iudicio 34
non esse dicturum, quae iuratus in maxima contione dixissem?

Senats und des präsidirenden Consuls.

necaretur, necavit, spielend wie
§. 49 *victi vinceretis*.

§. 33. *quam ego defugiam* —,
'wie wenig ich mich der Gewähr-
schaft, der Vertretung meiner con-
sularischen Wirksamkeit entziehe'.
Zum restringirenden *quam* vgl. z. B.
de Orat. II §. 180: *vide, quam sim
deus in isto genere*; zu *auctoritatem* §. 34 und §. 37.

adeste animis für *adhibete, attendite animos* des Wortspiels wegen;
corporibus setzen manche Hss. er-
läuternd hinzu.

erigite bei *mentes auresque* im
eigentlichen und bildlichen Sinne,
wie z. B. in Verr. IV §. 34: *cupiditatem aut manus abstinere*.

sine tumultu hebt Cicero hier,
wie in den Catilinarien mit Recht
hervor; denn bei plötzlicher Kriegs-
gefahr innerhalb Italiens Grenzen
oder in nächster Nähe (*tumultus
Italicus, t. Gallicus*) wurden die
Soldaten ohne die gewöhnlichen
Formalitäten und ohne Berücksich-
tigung sonst gültiger Befreiungs-
gründe ausgehoben und vereidigt
(*coniurare*), und in der Stadt trat
ein Stillstand der Gerichte und aller

öffentlichen Geschäfte ein (*iusti-
tium*).

sine dilectu (oder *del.*, die Hss.
schwanken wie gewöhnlich) ist un-
genau. Cicero denkt nur an seine
Wirksamkeit, die in der Stadt selbst
einen Ausbruch des Aufstandes ver-
hütete.

confessis: In den Hss. ist eine a.
L. *confossis*, eine neuere Emendation ist *confectis*, beides verfehlt.
Cicero hebt hier, wie in Cat. III
§. 10, 13, 15 und IV §. 5 das Ge-
ständniss hervor, welches allein die
Verurtheilung und Hinrichtung
möglich machte; vgl. Sall. Cat. 52,
36: *Quare ego ita censeo — de confessis, sicuti de manifestis rerum
capitalium, more maiorum suppli-
cium sumundum*. Von der Bestra-
fung ist im anderen Satztheil die
Rede.

§. 34. *iuratus in maxima contione*: Als Cicero am 31. Dec. 63
in einer letzten Contio nach der
Sitte sein Amt niederlegte und dabei seine Wirksamkeit rechtfertigen
wollte, verwehrte ihm der Tribun
Q. Metellus Nepos das Wort und
gestattete ihm nur die herkömm-
liche Eidesformel. Da schwur er,
'*rem p. atque hanc urbem mea*

XII. Atque etiam illud addam, ne qui forte incipiat improbus subito
te amare, Torquate, et aliquid sperare de te, atque, ut iidem omnes exaudiant, clarissima voce dicam: Harum omnium rerum, quas
ego in consulatu pro salute rei publicae suscepi atque gessi, L. ille
Torquatus, quum esset meus contubernalis in consulatu atque etiam
in praetura fuisset, auctor, adiutor, particeps exstitit, quum princeps, quum auctor, quum signifer esset iuventutis; parens eius,
homo amantissimus patriae, maximi animi, summi consilii, singularis constantiae, quum esset aeger, tamen omnibus rebus illis in-
terfuit; nusquam est a me digressus; studio, consilio, auctoritate
unus adiuvit plurimum, quum infirmitatem corporis animi virtute
35 superaret. 35. Videsne, ut eripiam te ex improborum subita gratia
et reconciliem bonis omnibus? qui te et diligunt et retinent retine-
buntque semper nec, si a me forte desciveris, idcirco te a se et a
re publica et a tua dignitate deficere patientur. Sed iam redeo ad
causam atque hoc vos, iudices, testor: mihi de memet ipso tam
multa dicendi necessitas quaedam imposita est ab illo. Nam si
Torquatus Sullam solum accusasset, ego quoque hoc tempore nihil
aliud agerem nisi eum, qui accusatus esset, defenderem; sed quum

unius opera esse salvam'. in Pison.
§. 6.

XII. *ne qui* und *si qui* wird öfters
substantivisch gebraucht für *ne quis*
und *si quis*; vgl. §. 43.

iidem (in den Hss. *idem*) *omnes*
weist auf §. 33 zurück.

contubernalis, wie *contuber-
nium*, vom Lagerleben auf andere
Verhältnisse übertragen, hier von
dem jungen Manne, der sich an
einen schon bewährten Staatsmann
und Redner angeschlossen hat, um
sich unter dessen Leitung auszu-
bilden. Die Sitte bespricht Tacit.
dial. de or. §. 34: *deducebatur a
patre — ad eum oratorem, qui prin-
cipem in civitate locum obtinebat;
hunc sectari, hunc prosequi, huius
omnibus dictionibus interesse sive
in iudiciis sive in contionibus as-
suescebat.*

auctor, mit *adiutor, particeps*
gepaart, ist 'Förderer, Anrather',
mit *princeps* und *signifer*, 'Vertre-
ter, Wortführer'.

princeps — iuventutis, d. h. der
ritterlichen Jugend, ist nur ein
Compliment, das Cicero dem Torquatus macht; denn was er diesem
hier zuschreibt, sagt er anderwärts

auch von seinem Freunde Atticus.
ad Att. II, 1, 7: *equitatus ille,
quem ego in clivo Capitolino te si-
gnifero ac principe collocaram*, nämlich an den Tagen der Senats-
sitzungen im Tempel der Concordia,
in denen die Verhaftung und Hinrichtung der Catilinarier beschlos-
sen wurde. In der Kaiserzeit wurde
princeps iuventutis Titel des prae-
sumtiven Thronfolgers.

nusquam (a. L. *numquam*), wie
Phil. I §. 1: *nec vero usquam dis-
cedebam.*

auctoritate: Auch de Fin. II
§. 62 sagt Cicero von ihm: *quo quidem auctore nos ipsi ea gessimus*
etc.

§. 35. *a tua dignitate* weist auf
talem adolescentem §. 31, *iis fundamentis adolescentiae* §. 30 zurück; vgl. auch Einl. Anm. 44 a.
E. Irrthümlich geben die meisten
Hss. *a sua d.*

Sed iam redeo: Uebergang zu
dem zweiten Haupttheil der Rede,
dem sachlichen.

hoc vos testor, wie Terent. Hec.
3, 5, 26: *id testor deos.* Das Neu-
trum eines Pronomens gestattet den
doppelten Accusativ.

ille tota illa oratione in me esset invectus, et quum, ut initio dixi, defensionem meam spoliare auctoritate voluisset, etiam si dolor *me* meus respondere non cogeret, tamen ipsa causa hanc a me orationem flagitavisset.

XIII. 36. Ab Allobrogibus nominatum Sullam esse dicis. Quis 36 negat? Sed lege indicium et vide, quem ad modum nominatus sit. L. Cassium dixerunt commemorasse, cum ceteris Autronium secum facere. Quaero, num Sullam dixerit Cassius. Nusquam; sese aiunt quaesisse de Cassio, quid Sulla sentiret. Videte diligentiam Gallorum! Qui vitam hominum naturamque non nossent ac tantum audissent eos pari calamitate esse, quaesiverunt, essentne eadem voluntate. Quid tum Cassius? Si respondisset idem sentire et secum facere Sullam, tamen mihi non videretur in hunc id criminosum esse debere. Quid ita? Quia, qui barbaros homines ad bellum impelleret, non debebat minuere illorum suspitionem et purgare eos, de quibus illi aliquid suspicari viderentur. 37. Non respondit tamen 37 una facere Sullam. Etenim esset absurdum, quum ceteros sua sponte nominasset, mentionem facere Sullae nullam nisi admonitum et interrogatum: nisi forte veri simile est P. Sullae nomen in memoria Cassio non fuisse. Si nobilitas hominis, si adflicta fortuna, si reliquiae pristinae dignitatis non tam illustres fuissent, tamen Autronii commemoratio memoriam Sullae rettulisset. Etiam,

---

cogeret, nicht *coëgisset*, weil in directer Rede: *quia dolor cogebat, ita locutus sum; s.* die Gramm. und §. 37 *esset absurdum.*

ipsa causa, im Gegensatz zu dem äusseren Anlass; *hanc orationem,* diesen Theil der Rede.

XIII. Es beginnt die Wiederlegung der einzelnen Anschuldigungen ohne *narratio,* wie Julius Severianus, ein Rhetor aus dem Zeitalter Hadrians, erinnert: *narrari pro eo non expedit, qui omnia, quae ab accusatore dicuntur, tantum modo negat.*

§. 36. Die Aussage der Allobrogen (s. §. 17) ist eher für als gegen Sulla.

lege indicium, ihre Aussage im Protocoll, s. zu §. 40.

quem ad modum sit n., nämlich erstens nur auf besondere Anfrage §. 36, und dann noch ungewiss §. 38.

L. Cassium, mit dem Beinamen Longinus, einst Ciceros Mitbewerber um das Consulat, einer der Leiter der Verschwörung, s. §. 53, der aber durch zeitige Entfernung der Verhaftung und dem Tode entging.

pari calamitate, s. §. 1 und Einl. 3; ohne Präposition, die Sallust in derselben Bedensart braucht (Cat. 44, 5: *fac cogites, in quanta calamitate sis*), vielleicht der Symmetrie wegen; vgl. *(in) magno, maiore periculo esse.*

Quid tum Cassius? sc. respondit. Ehe Cicero die wirkliche Antwort mittheilt, s. §. 38, zeigt er, dass sie, selbst wenn sie bestimmter lauten würde, doch unter den besonderen Umständen, wie sie gegeben, für Sulla nicht gravirend wäre.

qui — impelleret, 'der da — wollte', das Imperfect des Conats im Conjunctiv, wie *egrederetur* §. 53; vgl. auch §. 49.

non debebat minuere: eher im Gegentheil, wie ein anderer im gleichen Falle viele Unschuldige nannte, '*quo legatis animus amplior esset*'. Sall. Cat. 40, 6.

§. 37. *una facere = secum facere* §. 36.

memoriam rettulisset, wie m. repetere, renovare, redintegrare.

Etiam im steigenden Fortschritt,

ut arbitror, quum auctoritates principum coniurationis ad incitandos animos Allobrogum colligeret Cassius, et quum sciret exteras nationes maxime nobilitate moveri, non prius Autronium quam

38 Sullam nominavisset.   38. Iam vero illud probari minime potest, Gallos Autronio nominato putasse propter calamitatis similitudinem sibi aliquid de Sulla esse quaerendum, Cassio, si hic esset in eodem scelere, ne quum appellasset quidem Autronium, huius in mentem venire potuisse. Sed tamen quid respondit de Sulla Cassius? Se nescire certum. 'Non purgat', inquit. Dixi antea: ne si argueret quidem tum denique, quum esset interrogatus, id mihi criminosum

39 videretur.   39. Sed ego in indiciis et in quaestionibus non hoc quaerendum arbitror, num purgetur aliquis, sed num arguatur. Etenim quum se negat scire Cassius, utrum sublevat Sullam, an satis probat se nescire? 'Sublevat'. Apud Gallos? quid ita? ne indicent? Quid? si periculum esse putasset, ne illi umquam indicarent, de se ipse confessus esset? 'Nesciit videlicet'. Credo celatum esse Cassium de Sulla uno; nam de ceteris certe sciebat: etenim domi eius pleraque conflata esse constabat. Qui negare noluit esse in eo numero Sullam, quo plus spei Gallis daret, dicere autem falsum non ausus est, nescire dixit. Atqui hoc perspicuum est, quum is, qui de omnibus scierit, de Sulla se scire negarit, eandem vim esse negationis huius, quam si extra coniurationem hunc esse se scire dixisset. Nam cuius scientiam de omnibus constat fuisse, eius ignoratio de aliquo purgatio debet videri. Sed iam non

---

'ja wohl auch', wird durch *iam vero* 'nun vollends' §. 38, vgl. §. 57, 60, noch überboten.

auctoritates principum, d. h. die Namen der Leiter der Verschwörung als bürgende und zugleich bestimmende Persönlichkeiten.

§. 38. *probari minime potest,* 'ist ganz und gar unwahrscheinlich'. Davon hängen zwei coordinirte Glieder ab, deren erstes wir lieber mit 'während' unterordnen.

Sed tamen, obwohl es nach dem Früheren nicht mehr nöthig wäre; vgl. §. 44. Damit kehrt Cicero zu der Frage: *quid tum Cassius?* §. 36 zurück.

§. 39. *Sed ego —,* d. h. Verhöre brauchen nicht gerade ein Zeugniss für die Unschuld des Angeklagten zu ergeben, wenn sie nur keins für seine Schuld liefern.

aliquis, a. L, *aliqui,* aber vor *sed.*

sublevat Sullam, d. h. will ihn entlasten, seine Schuld und Gefahr mindern.

Apud Gallos? Damit beginnt Cicero die Widerlegung der ersten von den beiden aufgestellten Möglichkeiten. Andere Ausgaben verbinden: *Sublevat apud Gallos.*

de se ipse, a. L. *ipso; s.* d. Gramm.

Nesciit, die zweite der beiden Möglichkeiten wird durch ein ironisches *Credo* zurückgewiesen; dann folgt Ciceros eigene Erklärung in dem Relativsatz: *Qui negare noluit.*

non ausus est, in derselben Stellung Verr. 4 §. 24 und 96.

nescire dixit, d. h. brauchte den Ausdruck '*nescio*'. Nur eine Hs. setzt *se* hinzu, was unnöthig den Ton von der Handlung auf die Person ablenkt.

Atqui ist in einigen Hss. mit dem bekannteren *atque* vertauscht.

extra coniurationem, wie Sall. Cat. 39, 5: *Fuere tamen extra coniurationem complures, qui ad Catilinam initio profecti sunt.*

quaero, purgetne Cassius Sullam: illud mihi tantum satis est, contra Sullam nihil esse in indicio.

XIV. 40. Exclusus hac criminatione Torquatus rursus in me 40 irruit, me accusat: ait me aliter ac dictum sit in tabulas publicas rettulisse. O di immortales! — vobis enim tribuo, quae vestra sunt, nec vero possum meo tantum ingenio dare, ut tot res, tantas, tam varias, tam repentinas in illa turbulentissima tempestate rei publicae mea sponte dispexerim. Vos profecto animum meum tum conservandae patriae cupiditate incendistis; vos me ab omnibus ceteris cogitationibus ad unam salutem rei publicae convertistis; vos denique in tantis tenebris erroris et inscientiae clarissimum lumen menti meae praetulistis. 41. Vidi ego hoc, vidi, nisi recenti me- 41 moria senatus auctoritatem huius indicii monumentis publicis testatus essem, fore ut aliquando non Torquatus neque Torquati quispiam similis — nam id me multum fefellit —, sed ut aliquis patrimonii naufragus, inimicus otii, bonorum hostis aliter indicata haec esse diceret, quo facilius vento aliquo in optimum quemque excitato posset in malis rei publicae portum aliquem suorum malorum invenire. Itaque introductis in senatum indicibus constitui

illud — tantum, i. e. illud ipsum, unum.

XIV. Einer beiläufig ausgesprochenen Verdächtigung (*coniectura incidens*, Schol.), dass die Aussage der Allobrogen anders als sie gelautet, d. h. für Sulla günstiger in das Senatsprotocoll aufgenommen sei, begegnet Cicero durch Erzählung des Hergangs und erweist dadurch 1) die Möglichkeit einer genauen Wiedergabe (§. 41, 42), 2) die Unwahrscheinlichkeit einer nachträglichen Fälschung (§. 42, 43) und frägt endlich, warum Torquatus, wenn eine solche vorgekommen, bei ihrer Intimität sie nicht früher gerügt habe (§. 44). — Auch Ciceros erbitterter Gegner P. Clodius Pulcher machte ihm in dem Gesetz, wodurch er ihn exilirte, den Vorwurf, '*quod M. Tullius falsum senatus consultum rettulerit*'. de dom. s. §. 50, Schol. p. 345 Or.

§. 40. *tabulas publicas*: Auch vor Caesars Zeit wurden Senatsverhandlungen, wenigstens ausnahmsweise in wichtigeren Fällen, protocollirt.

vobis enim tribuo — schliesst sich an den Ausruf mit einem Zwischengedanken an: 'euch rufe ich an, denn —'. Der Ausruf selbst gehört zu den Worten §. 41: *Vidi ego hoc.* Auch dass Cicero in seinen Reden wiederholt (vgl. in Catil. III c. 8 f.) auf göttlichen Beistand sich berief, verspotteten seine Gegner; s. decl. in Cic. §. 3: *Cicero se dicit in concilio deorum immortalium fuisse, inde missum huic urbi civibusque custodem.* Vgl. auch de dom. s. §. 92.

§. 41. *Vidi ego hoc, vidi*, wie §. 20; doch ist hier *iudices* a. L.

auctoritatem, synonym *fidem*, s. §. 2, 10.

non Torquatus, nicht ein T.

sed ut: Die Partikel ist nach einer Parenthese wiederholt, wie §. 89; s. d. Gramm.

naufragus. So nennt Cicero Catilinas Anhänger auch or. I §. 30, II §. 24. In demselben Bilde bleibt *vento* für *invidia*, *portum* für *salutem*.

indicibus: Die Allobrogen und ein gewisser T. Volturcius aus Croton, der sie zu Catilina führen sollte; s. in Cat. III c. 4, Sall. Cat. 47.

constitui, a. L. *institui*, wie ad Fam. XIV. 18, 2: *et velim tabellarios instituatis certos.*

senatores, qui omnia indicum dicta, interrogata, responsa perscribe-
42 rent. 42. At quos viros! non solum summa virtute et fide, cuius generis erat in senatu facultas maxima, sed etiam quos sciebam memoria, scientia, celeritate scribendi facillime quae dicerentur per-
sequi posse: C. Cosconium, qui tum erat praetor, M. Messallam, qui
tum praeturam petebat, P. Nigidium, Appium Claudium. Credo esse
neminem, qui his hominibus ad vere referendum aut fidem putet
aut ingenium defuisse.

XV. Quid? deinde quid feci? Quum scirem ita esse indicium
relatum in tabulas publicas, ut illae tabulae privata tamen custodia
more maiorum continerentur, non occultavi, non continui domi,
sed statim describi ab omnibus librariis, dividi passim et pervul-
gari atque edi populo Romano imperavi. Divisi toti Italiae, dimisi

senatores, statt gewöhnlicher Schreiber.

§. 42. *At quos homines!* Zu dem emphatischen *at* im Ausruf der Verwunderung vgl. z. B. Verr. 4 §. 22: *At cuius hominis! clarissimi et potentissimi.*

facultas maxima, i. e. copia m., das antecedens für das consequens. So wechselt Verr. 5 §. 51 *summa in difficultate navium* mit *in tanta inopia* n. §. 59.

memoria, scientia, um gut auffassen und behalten zu können. Sie bringen also guten Willen (*virtute et fide*), geistiges und technisches Können (*celeritate scribendi*) mit.

C. Cosconium, nach der Prätur Statthalter des jenseitigen Spaniens mit dem Titel Proconsul, in Vatin. §. 12.

M. Messallam, von dem §. 20 genannten anwesenden (*huius*) verschieden.

qui tum praeturam petebat, für das J. 61, da die Magistrate für 62 am 3. Dec. 63 bereits ernannt waren. Ob er damals von der Bewerbung zurückgetreten, ob er derselbe ist, der im J. 53 mit Müh und Noth durch Bestechung Consul wurde, bleibt ungewiss.

P. Nigidium Figulum, Ciceros Freund und Berather, ᾧ τὰ πλεῖστα καὶ μέγιστα περὶ τὰς πολιτικὰς ἐχρῆτο πράξεις, Plut. Cic. 20, Gelehrter und Polyhistor, wie M. Terentius Varro.

Appium Claudium, des berüch-

tigten P. Clodius Pulcher älterer Bruder, Consul 54, 'satis studiosus et valde quum doctus, tum etiam exercitatus orator'. Brut. §. 267.

XV. *Quid? deinde quid feci?* Bei dieser Interpunction fällt der volle Nachdruck auf *deinde*, vgl. p. Caec. §. 24: *quid? testes quid aiunt?* Andere setzen die gewöhnliche Uebergangsformel: *quid deinde?* und lassen ein ton- und inhaltloses *quid feci?* folgen.

ita — ut tamen mit beschränkendem Sinne, = 'zwar — aber, wenn auch — doch', wie §. 73 und ohne *tamen* §. 58 und 61.

privata custodia: Während die eigentlichen Senatsconsulte schon längst aufbewahrt wurden, blieben nach dieser Stelle anderweitige *acta senatus* in den Händen der vorsitzenden Magistrate, wenigstens eine Zeit lang bis zur Abdication.

librariis, i. e. scribis publicis, den vom Staat angestellten und besoldeten Secretären; vgl. §. 44 *scribae mei*, i. e. scribae consulares.

imperavi, wie öfters bei Cic. mit dem Acc. c. Inf. aber nur in passiver Form. — So liess auch der Kaiser Nero bei der Verschwörung des C. Piso die Zeugenaussagen und Geständnisse der Verurtheilten veröffentlichen. Tacit. Ann. XV, 73.

toti Italiae: Hier, wie anderwärts, findet sich auch eine a. L. *totae*.

in omnes provincias, eius indicii. ex quo oblata salus esset omnibus, expertem esse neminem volui. 43. Itaque dico locum in orbe 43
terrarum esse nullum, quo in loco populi Romani nomen sit, quin eodem perscriptum hoc indicium pervenerit. In quo ego tam subito et exiguo et turbido tempore multa divinitus, ita ut dixi, non mea sponte providi: primum, ne qui posset tantum aut de rei publicae aut de alicuius periculo meminisse, quantum vellet; deinde, ne cui liceret umquam reprehendere illud indicium aut temere creditum criminari; postremo, ne quid iam a me, ne quid ex meis commentariis quaereretur, ne aut oblivio mea aut memoria nimia videretur, ne denique aut negligentia turpis aut diligentia crudelis putaretur. 44. Sed tamen abs te, Torquate, quaero, quum indica- 44
tus tuus esset inimicus, et esset eius rei frequens senatus et recens memoria testis, tibi, meo familiari et contubernali, prius etiam edituri indicium fuerint scribae mei, si voluisses, quam in codicem rettulissent, — quum videres aliter referri, cur tacuisti, passus es? non mecum aut cum familiari meo questus es? aut quoniam tam facile inveheris in amicos, iracundius aut vehementius expostulasti? Tu, quum tua vox numquam sit audita, quum indicio lecto, descripto, divulgato quieveris, tacueris, repente tantam rem ementiare et in eum locum te deducas, ut ante, quam me commutati indicii coargueris, te summae negligentiae tuo iudicio convictum esse fateare?

XVI. 45. Mihi cuiusquam salus tanti fuisset, ut meam negli- 45

§. 43. *nomen sit*, sc. notum; *perscriptum*, in Abschrift.

tantum, wie §. 21; *meminisse*, i. e. memoria tenere, schliesst hier auch commemorare in sich, das antecedens und consequens. Erst bei Späteren tritt letztere Bedeutung selbständig auf.

ex meis commentariis, d. h. Notizbüchern über seine Amtsführung, die auch solche Actenstücke aufnahmen; vgl. Verr. 5 §. 54: *Audite decretum mercennarii praetoris ex ipsius commentario.*

§. 44. *Sed tamen*, wie §. 38; *esset indicatus*, von den Allobrogen, wie du behauptest, s. §. 36 und vgl. §. 68: *quum Catilinae suffragaretur.*

tibi. Damit hebt das zweite Glied des Vordersatzes an, so dass Betonung und Stellung die fehlende Verbindung ersetzen müssen.

edituri fuerint, von einem causalen *quum* abhängig, für *edidissent* im unabhängigen Satze, s. d. Gramm.

tacuisti, passus es, ein Asyndeton zweier Worte in lebhafter Rede, wie sogleich *quieveris, tacueris*.

cum familiari meo erklärt man 'bei einem meiner Freunde'.

Tu — ementiare, Conjunctiv der indignirten Frage mit negativem Sinn, 'du solltest dürfen, du willst', wie z. B. p. Sest. §. 78: *gladiatores tu — immittas, et quum omnia vi et armis egeris, accuses eum, qui se praesidio munierit?*

numquam wird durch *indicio lecto, descripto, divulgato* erklärt.

fateare, gestehen musst, wie Verr. 5. §. 39: *in qua tu te ita gessisti, ut, omnibus quum teneare rebus, ad bellum fugitivorum confugias.* Aus den eingetretenen Verhältnissen ergiebt sich oft von selbst die Nothwendigkeit.

XVI. Mit lebhaften Worten weist Cicero jene Verdächtigung von sich ab, spricht dann fast drohend das Gefühl seiner Kränkung aus, §. 46 f., und zeigt endlich c. 17, dass er,

gerem? per me ego veritatem patefactam contaminarem aliquo
mendacio? quemquam denique ego iuvarem, a quo et tam crudeles
insidias rei publicae factas, et me potissimum consule putarem?
Quodsi iam essem oblitus severitatis et constantiae meae, tamne
amens eram, ut, quum litterae posteritatis causa repertae sint,
quae subsidio oblivioni esse possent, ego recentem putarem memo-
46 riam cuncti senatus commentario meo posse superari? 46. Fero
ego te, Torquate, iam dudum, fero, et non numquam animum incitatum ad ulciscendam orationem tuam revoco ipse et reflecto.
Permitto aliquid iracundiae tuae, do adolescentiae, cedo amicitiae,
tribuo parenti; sed nisi tibi aliquem modum tute constitueris, coges
oblitum me nostrae amicitiae habere rationem meae dignitatis.
Nemo umquam me tenuissima suspitione perstrinxit, quem non
perverterim ac perfregerim. Sed mihi hoc credas velim: non iis
libentissime soleo respondere, quos mihi videor facillime posse su-
47 perare. 47. Tu, quoniam minime ignoras consuetudinem dicendi
meam, noli hac lenitate nova abuti mea, noli aculeos orationis
meae, qui reconditi sunt, excussos arbitrari, noli id putare omnino
a me esse amissum, si quid est tibi remissum atque concessum.
Quum illae valent apud me excusationes iniuriae tuae, iratus animus tuus, aetas, amicitia nostra, tum nondum statuo te virium satis
habere, ut ego tecum luctari et congredi debeam. Quodsi esses
usu atque aetate robustior, essem idem qui soleo, quum sum laces-

nicht Torquatus, Grund zum Zorne
habe.

et tam, Emendation der hs. L.
etiam. Das zweite Glied wird durch
potissimum verstärkt, wie durch
maxime de Orat. I §. 38: *et saepe
alias et maxime censor saluti rei p.
fuit*.

amens eram: Zum Tempus und
Modus vgl. die Gramm.

subsidio oblivioni, wie wir 'Mittel für, d. h. gegen eine Krankheit'
sagen. Caes. de b. Gall. II, 20: *his
difficultatibus duae res erant subsidio*.

§. 46. *Fero — fero*, s. §. 20.

incitatum — revoco — reflecto.
Dieselben Verba paart Cicero auch
de Orat. I §. 53. Woher das Bild,
zeigt Caes. b. Gall. IV, 33: *incita-
tos equos sustinere ac flectere*.

Permitto — tribuo: Zu allen vier
synonymen Verben gehört *aliquid*.
Zur Figur vgl. ad Heren. IV c. 30:
Dissolutum est, quod coniunctio-
*nibus verborum e medio sublatis
separatis partibus effertur, hoc modo: 'gere morem parenti, pare co-
gnatis, obsequere amicis, obtempera
legibus'*.

aliquem modum, 'einiges, wenn
auch nur geringes'. Verr. II, 2 §.
145: *Una civitas quum tot nomini-
bus pecuniam contulerit —, nonne
res ipsa vos admonet, modum aliquem huic cupiditati constitui oportere?*

§. 47. *aculeos — excussos*, vgl. p.
Flacc. §. 41: *mortuus est aculeo
iam emisso*, und Plin. H. N. XI, 19:
*aculeum apibus natura dedit ven-
tri consertum; ad unum ictum hoc
infixo quidam eas statim emori putant*.

reconditi, 'nur verborgen'. Bei
dieser Auffassung scheint die Emendation *quia* für *qui* unnöthig.

si quid nach *id*, 'was etwa', s.
d. Gr.

amissum, remissum, 'aufgegeben,
nachgegeben', s. zu §. 27.

situs; nunc tecum sic agam, tulisse ut potius iniuriam quam rettulisse gratiam videar. XVII. 48. Neque vero, quid mihi irascare, 48 intelligere possum. Si, quod eum defendo, quem tu accusas, cur tibi ego non succenseo, quod accusas eum, quem ego defendo? 'Inimicum ego', inquis, 'accuso meum'. Et amicum ego defendo meum. 'Non debes tu quemquam in coniurationis quaestione defendere'. Immo nemo magis eum, de quo nihil est umquam suspicatus, quam is, qui de aliis multa cogitavit. 'Cur dixisti testimonium in alios'? Quia coactus — 'Cur damnati sunt'? Quia creditum est. 'Regnum est dicere in quem velis, ac defendere quem velis.' Immo servitus est non dicere in quem velis, ac non defendere quem velis. Ac si considerare coeperis, utrum magis mihi hoc necesse fuerit facere an istud tibi, intelliges honestius te inimicitiarum modum statuere potuisse quam me humanitatis. 49. An vero, quum 49 honos agebatur familiae vestrae amplissimus, hoc est consulatus parentis tui, sapientissimus vir familiarissimis suis succensuit [pater tuus], quum Sullam et defenderent et laudarent? Intelligebat hanc nobis a maioribus esse traditam disciplinam, ut nullius amicitia

---

nunc, 'nun aber', vom wirklichen Fall im Gegensatz zu einem angenommenen.

rettulisse gratiam, eine s. g. vox media, wie unser 'vergelten', Gutes und Böses. Lael. §. 53: *amicis fidis, infidis gratiam referre.* Um den Gegensatz schärfer zuzuspitzen, hat man *gratiam* tilgen wollen; aber dann würde Cicero sich selbst einer *iniuria* zeihen.

XVII. §. 48. *Si*, scil. mihi irasceris. Das Folgende nimmt die Form einer *altercatio* an, d. h. des Dispüts zwischen Ankläger und Vertheidiger, der nach dem Schluss der *perpetua oratio* stattfand.

quod accusas eum deckt das frühere *quod eum defendo;* a. L. *qui accuses*, neuere Emendation: *qui accusas.*

Et amicum, nicht in der gewöhnlichen Form des Einwands: *at amicum*, um die völlige Gleichheit der Verhältnisse hervorzuheben, wie in dem Beispiel eines alten Rhetorikers: '*Facultatem tibi vicinitas praebuit*'. *Et tibi eadem vicinitas praebuit facultatem.*

Non debes — weist auf §. 3 zurück.

multa cogitavit, vielleicht rich-

tiger mit einigen Hss. *m. cognovit*, wie schon Lambin aus §. 14 emendirt hat.

Quia coactus —, wie durch die einfallenden Worte des Gegners unterbrochen; *sum* setzt nur eine Hs. hinzu.

Regnum est, s. §. 21.

inimicitiarum: Cicero supponirt, dass Torquatus aus alter Feindschaft die Anklage übernommen hat; s. Einl. 3.

§. 49. *An vero* —, ein *argumentum a maiore ad minus.* Den negativen Sinn der Frage erläutert eine a. L. *at vero — non suscensuit.*

defenderent als *patroni, laudarent* als s. g. *laudatores*, Leumundszeugen, s. Einl. 12 A. 42.

Intelligebat, asyndetisch für *intelligebat enim* an die im Sinne liegende negative Antwort angeschlossen.

disciplinam: Dafür später *vetere exemplo atque instituto*, und so wird auch anderwärts *disciplina* mit *instituta* oder *mores* gepaart. Es ist dann die durch Erziehung und Unterricht überkommene Sitte und Gewohnheit.

nullius, wie häufig, substantivisch; vgl. §. 85.

ad pericula propulsanda impediremur. Et erat huic iudicio longe dissimilis illa contentio. Tum, adflicto P. Sulla, consulatus vobis pariebatur, sicuti partus est: honoris erat certamen; ereptum repetere vos clamitabatis, ut victi in campo in foro vinceretis. Tum qui contra vos pro huius salute pugnabant, amicissimi vestri, quibus non irascebamini, consulatum vobis eripiebant, honori vestro repugnabant, et tamen id inviolata vestra amicitia, integro officio, vetere exemplo atque instituto optimi cuiusque faciebant. XVIII.

50 50. Ego vero quibus ornamentis adversor tuis? aut cui dignitati vestrae repugno? Quid est quod iam ab hoc expetas? Honos ad patrem, insignia honoris ad te delata sunt. Tu ornatus exuviis huius venis ad eum lacerandum, quem interemisti; ego iacentem et spoliatum defendo et protego. Atque hic tu et reprehendis me, quia defendam, et irasceris; ego autem non modo tibi non irascor, sed ne reprehendo quidem factum tuum. Te enim existimo tibi statuisse, quid faciendum putares, et satis idoneum officii tui iudicem esse potuisse.

51 51. At accusat C. Cornelii filius, et id aeque valere debet ac si pater indicaret. O patrem [Cornelium] sapientem! qui, quod praemii solet esse in indicio, reliquerit, quod turpitudinis in con-

---

ad pericula pr. 'in Bezug auf', wie wieder mit anderer Auffassung Caes. b. Gall. I, 36: *in suo iure impediri.*

pariebatur, das Imperfect des Conats, wie im Folgenden *eripiebant,* §. 53 *se inferebat,* §. 63 *referebat;* vgl. auch §. 36. Wie ist demnach *adflicto* aufzulösen? Welchen Nebensinn erhält im Gegensatze *sicuti partus est?* vgl. §. 28.

vos clamitabatis, Vater und Sohn, s. Einl. 3. Anm. 10.

in campo, sc. Martio, dem Ort der Wahlcomitien; *in foro,* dem Platze für die verschiedenen Gerichtstribunale. Beachte die chiastische Stellung.

XVIII §. 50. *iam expetas = expetas amplius* §. 90.

insignia honoris, insofern er unter den Ahnenbildern auch einen *pater consularis* aufstellen konnte.

exuviis — protego: Woher das Bild, zeigt z. B. Hom. Il. XVII, 125: Ἕκτωρ μὲν Πάτροκλον, ἐπεὶ κλυτὰ τεύχε᾽ ἀπηύρα, ἕλχ᾽, ἵν᾽ ἀπ᾽ ὤμοιιν κεφαλὴν τάμοι ὀξέϊ χαλκῷ, und 132: Αἴας δ᾽ ἀμφὶ Μενοιτιάδῃ σάκος εὐρὺ καλύψας ἑστήκειν.

§. 51. *At accusat:* Mit diesem Einwande will der Gegner die Berechtigung seiner Anklage nachweisen; Cicero benutzt ihn, um, ehe er auf die weiteren Klagepunkte eingeht, zunächst denjenigen anzugreifen, auf dessen Zeugniss sie beruhen. *accusat,* als *subscriptor,* s. Einl. 12, daher auch §. 52 *ut dicitis,* §. 54 *vos,* §. 92 *ab accusatoribus; C. Cornelii,* s. §. 6, 18 und Einl. 1 Anm. 6.

ac si — indicaret, das Imperfect mit einem Präsens gepaart, um den Widerspruch gegen die Wirklichkeit hervorzuheben. Man hilft sich mit einer Ergänzung: *ac valeret, si indicaret.*

quod praemii, Straflosigkeit nebst einer Geldbelohnung, Sall. Cat. 30; *quod turpitudinis,* insofern er durch solche Aussagen seine genaue Kenntniss verräth und dadurch indirect auch seine Theilnahme an der Verschwörung bekennt, die er in seinem Processe (§. 6) natürlich geleugnet hatte. Die asyndetische Satzform verwandeln wir in eine Periode: 'während — doch.'

fessione, id per accusationem filii susceperit. Sed quid est tandem, quod indicat per istum puerum Cornelius? Si vetera mihi ignota, cum Hortensio communicata, respondit Hortensius; sin, ut ais, illum conatum Autronii et Catilinae, quum in campo consularibus comitiis, quae a me habita sunt, caedem facere voluerunt: Autronium tum in campo vidimus, — sed quid dixi vidisse nos? ego vidi; vos enim tum, iudices, nihil laborabatis neque suspicabamini; ego tectus praesidio firmo amicorum Catilinae tum et Autronii copias et conatum repressi. 52. Num quis est igitur, qui tum dicat 52 in campum aspirasse Sullam? Atqui si tum se cum Catilina societate sceleris coniunxerat, cur ab eo discedebat? cur cum Autronio non erat? cur in pari causa non paria signa criminis reperiuntur? Sed quoniam Cornelius ipse etiam nunc de indicando dubitat, ut

quid est — quod indicat = quid indicat §. 54, frägt nach einem Factum; dagegen ist *quid est quod expetas* §. 50 = *quid expetas*, eine dubitative Frage mit negativem Sinn.

puerum wie öfters statt *adolescentulum*, da er zur Anklage mindestens das 17. Lebensjahr erreicht haben musste. Val. Max. V, 4, 4: *M. Cotta eo ipso die, quo togam sumpsit virilem, Cn. Carbonem postulavit.*

vetera mihi ignota, s. §. 12.

sin, ut ais, wohl nur beiläufig, ohne ein bestimmtes Zeugniss beizubringen. Ehe Cicero die aufgestellte Frage beantwortet, greift er zwei Gelegenheiten heraus, wo die Verschworenen am zahlreichsten sich eingefunden hatten, zeigt, dass Sulla ihnen fern geblieben ist, hebt dies durch Gegenüberstellung des Autronius und Cornelius hervor, geht dann mit Wiederholung der Frage: *quid indicat?* §. 54 erst auf die wirkliche Aussage ein.

in campo cons. comitiis: Es soll Catilinas Plan gewesen sein, am Tage der Comitien für 62 mit Bewaffneten auf dem Marsfelde zu erscheinen und seine Wahl mit Gewalt durchzusetzen, nöthigenfalls mit Ermordung des präsidirenden Consuls Cicero und seiner Mitbewerber.

Autronium — vidimus: Der Gegensatz *'Sullam nemo vidit'* folgt §. 52 in anderer Form. Man kann

'so erwiedere ich', wie §. 52 'so frage ich' hinzudenken; s. zu §. 22.

sed quid dixi ist Madvigs Emendation; die Hss. *et quid dixi,* wie auch Verr. 4 §. 6 in der Figur der *correctio* (ἐπανόρϑωσις, Berichtigung) *et quid* sich findet: *Nuper homines nobiles eiusmodi, iudices, — et quid dico nuper? immo vero modo ac plane paullo ante.* Vgl. auch *et potius* de Off. III §. 32.

§. 52. *aspirasse:* Cicero braucht öfters *aspirare* in negativen Sätzen als stärkeren Ausdruck für *accedere;* z. B. p. Caec. §. 39: *ne non modo intrare, verum aspicere aut aspirare possim.* Es scheint vom Schnüffeln der Thiere entlehnt zu sein. Colum. r. r. 8, 14, 9: *ne vipera felisve aut etiam mustela possit aspirare,* 'heranriechen'.

Atqui in der *assumptio* oder *propositio minor; cur — discedebat,* d. h. *cur cum eo non erat, in campum non veniebat.* Beachte die Imperfecte in dem angenommenen, der Wirklichkeit widersprechenden Fall; vgl. §. 57.

ipse — dubitat, informat — filium: Die chiastische Stellung ersetzt eine adversative Verbindung; *informat = instituit,* 'nur anleitet'; *adumbratum,* dessen Gegensatz *expressum, eminens, solidum* ist, ein Ausdruck der bildenden Kunst, erhält den Sinn von *simulatum, fictum.* Eine a. L. *filii* hat Ernesti zu der Emendation: *adhuc adumbratum* geführt.

dicitis, informat ad hoc adumbratum indicium filium, quid tandem
de illa nocte dicit, quum inter falcarios ad M. Laecam, nocte ea
quae consecuta est posterum diem Nonarum Novembrium me consule, Catilinae denuntiatione convenit? quae nox omnium temporum coniurationis acerrima fuit atque acerbissima. Tum Catilinae
dies exeundi, tum ceteris manendi condicio, tum discriptio totam
per urbem caedis atque incendiorum constituta est; tum tuus pater,
Corneli, id quod tandem aliquando confitetur, illam sibi officiosam
provinciam depoposcit, ut, quum prima luce consulem salutatum
veniret, intromissus et meo more et iure amicitiae me in meo le-
53 ctulo trucidaret. XIX. 53. Hoc tempore, quum arderet acerrime
coniuratio, quum Catilina egrederetur ad exercitum, Lentulus in
urbe relinqueretur, Cassius incendiis, Cethegus caedi praeponere-
tur, Autronio ut occuparet Etruriam praescriberetur, quum omnia
ordinarentur, instruerentur, pararentur, ubi fuit Sulla, Corneli?
Num Romae? Immo longe afuit. Num in iis regionibus, quo se
Catilina inferebat? Multo etiam longius. Num in agro Camerti,
Piceno, Gallico, quas in oras maxime quasi morbus quidam illius
furoris pervaserat? Nihil vero minus; fuit enim, ut iam ante dixi,
Neapoli; fuit in ea parte Italiae, quae maxime ista suspitione caruit.

---

inter falcarios, wie in Cat. I §. 8
als Localangabe. Vgl. Liv. 35, 41 f.
inter lignarios.

M. Laecam, *s*. §. 6 und Einl. 1
A. 4.

nocte ea —: Die rein chronolo-
gische Bestimmung steht parenthe-
tisch. *posterum diem Non. Nov.* d. h.
in der Nacht vom 6—7. Nov. 63.
Die Abkürzung wird verschieden
gedeutet. Zum Genitiv vgl. *postridie eius diei* oder *post diem tertium eius diei*, Liv. 27, 35, 1; zur
Art der Datirung ad Att. IV, 3, 3:
exin senatus postridie Idus.

condicio, Lage, Stellung = Bestimmung, Aufgabe, Loos, Beruf;
discriptio, neuere Emendation für
descriptio, weil = distributio; *caedis atque incendiorum*, *s*. zu §. 3.

confitetur, indirect, *s*. zu §. 51;
officiosam provinciam, i. e. negotium officii in Catilinam plenum.

quum — veniret: Ernesti emendirte *venisset*, wie *venissent* bei der
Erzählung des Vorfalls in Cat. I
§. 9; aber hier ist nur Angabe der
Absicht. Manche schreiben mit der
Präposition: *ut cum prima luce —
veniret*, in einem widrigen Asynde-

ton. *salutatum*, zur gewöhnlichen
Morgenvisite.

lectulo, a. L. *lecto*. Das Deminu-
tiv hier, wie in Cat. I §. 9, als Ausdruck des Traulichen.

XIX. §. 53. *egrederetur*, wie später *inferebat*, Imperfect des Conats,
s. §. 36 und §. 49.

Cassius, *s*. §. 36; *Cethegus*, *s*.
§. 70 und Einl. Anm. 1; *Autronio*,
s. §. 17.

quo für *in quas*, wie öfters.

Camerti, von Camerinum in Um-
brien, nahe der Grenze von Pice-
num, wo ein gewisser Septimius für
Catilina warb, Sall. c. 27; *Gallico*:
So hiess der Küstenstrich von Um-
brien, der einst den senonischen
Galliern gehört hatte, mit den
Städten Sena Gallica, Ariminum
etc. Dorthin war nach Senatsbeschluss der Praetor Q. Metellus Celer gegangen, der durch schnelles
Einschreiten den vorbereiteten Aufstand dämpfte. Sall. c. 30 und 42.

ista suspitione caruit, vgl. §. 17.
Doch war das benachbarte Capua,
ein Hauptort für Gladiatorenschu-
len, auch durch Catilinas Sendlinge
bearbeitet, so dass man dort den

54. Quid ergo indicat aut quid adfert aut ipse Cornelius aut vos, 54
qui haec ab illo mandata defertis? Gladiatores emptos esse Fausti
simulatione ad caedem ac tumultum? 'Ita prorsus; interpositi sunt
gladiatores'. Quos testamento patris videmus deberi. 'Adrepta
est familia'. Quae si esset praetermissa, posset alia familia Fausti
munus praebere? Utinam quidem haec ipsa non modo iniquorum
invidiae, sed aequorum exspectationi satis facere posset! 'Prope-
ratum vehementer est, quum longe tempus muneris abesset.' Quasi
vero tempus dandi muneris non valde appropinquaret. 'Nec opi-
nante Fausto, quum is neque sciret neque vellet, familia est comparata'. 55. At litterae sunt Fausti, per quas ille precibus a 55
P. Sulla petit, ut emat gladiatores et ut hos ipsos emat, neque solum ad Sullam missae, sed ad L. Caesarem, Q. Pompeium, C. Memmium, quorum de sententia tota res gesta est. — 'At praefuit fa-

Ausbruch eines Sklavenkrieges be-
fürchtete. Sall. c. 30. Ueber Pompeji vgl. §. 60.
§. 54. Erster Punkt der auf Cornelius' Aussage gestützten Anklage.
Nach indirecter Anführung desselben folgt die Widerlegung in Form
einer *altercatio*, s. zu §. 48. Die
Vertheilung der Wechselreden ist
in anderen Ausgaben anders.
Gladiatores emptos esse: vielleicht in Capua, was den Verdacht
erhöhen würde.
Fausti simulatione: Faustus,
des Dictators Sulla unmündig zu-
rückgebliebener Sohn, sollte nach
dem Testamente seines Vaters ihm
zu Ehren Leichenspiele geben. Er
selbst war aber damals in Asien
beim Heere des Pompejus, und die
Spiele wurden, wenn Dio's unge-
nauer Angabe zu trauen ist, wirklich erst um das J. 60 gefeiert. Dio
Cass. 37, 51: κἂν τῷ αὐτῷ τούτῳ
χρόνῳ Φαῦστος ὁ τοῦ Σύλλου παῖς
ἀγῶνά τε μονομαχίας ἐπὶ τῷ πατρὶ
ἐποίησε, καὶ τὸν δῆμον λαμπρῶς
εἱστίασε, τά τε λουτρὰ καὶ τὸ ἔλαιον
προῖκα αὐτοῖς παρέσχεν.
Ita prorsus, Worte des Gegners,
die Ciceros Angabe bekräftigen,
wie Tusc. II §. 67, während die folgenden: *interpositi sunt gladiatores*, 'man hat die angeblich für
Faustus bestimmten Gladiatoren
nur zum Mittel, zum Vorwand genommen',sie in kürzerer Form wiederholen. Ciceros Widerlegung

folgt, wie öfters, in einem Relativ-
satze; vgl. §. 21 und §. 90.
Adrepta, i. e. praepropere comparata; *praetermissa*, i. e. neglecta,
non comparata.

Utinam quidem, wie de N. D. III
§. 78: *nisi forte dicitis eam ne-
scisse. Utinam quidem! sed non au-
debitis.*

non modo — sed, 'ich will nicht
sagen, sondern auch nur', wie §.
76; s. d. Gramm.

satis facere posset: Das Imperfect mit dem Nebensinn: 'sie wird
es nicht können, weil entweder ihre
Zahl und Leistungen zu gering oder
die Erwartungen des Volks zu hoch
gespannt sind'.

§. 55. *L. Caesarem*, einen ent-
fernten Verwandten des Dictators
C. Julius Caesar, Consul 64, s. §.
56; *Q. Pompeium Rufum*, Sohn der
Cornelia, einer Tochter Sullas; *C.
Memmium*, Gemahl der Fausta,
einer Zwillingsschwester des Faustus.

At praefuit familiae, d. h. er leitete ihre Uebungen, um unter diesem Vorwande sie leichter bearbei-
ten zu können. Ein ähnliches Factum erzählt Cicero p. Sest. §. 9:
Idemque (P. Sestius) *C. Marcellum,
quum is non Capuam solum venisset, verum etiam se quasi armorum
studio in maximam familiam con-
iecisset, exterminandum ex illa
urbe curavit.*

miliae'. Iam si in paranda familia nulla suspitio est, quis praefuerit, nihil ad rem pertinet; sed tamen *in* munere servili obtulit se
ad ferramenta prospicienda, praefuit vero numquam, eaque res
omni tempore per Bellum, Fausti libertum, administrata est.

56 XX. 56. At enim Sittius est ab hoc in ulteriorem Hispaniam
missus, ut eam provinciam perturbaret. Primum Sittius, iudices,
L. Iulio C. Figulo consulibus profectus est aliquanto ante furorem
Catilinae et suspitionem huius couiurationis; deinde est profectus
non tum primum, sed quum in iisdem locis aliquanto ante eadem
de causa aliquot annos fuisset; ac profectus est non modo ob causam, sed etiam ob necessariam causam, magna ratione cum Mauri-
taniae rege contracta. Tum autem, illo profecto, Sulla procurante
eius rem et gerente, plurimis et pulcherrimis P. Sittii praediis ven-
ditis aes alienum eiusdem dissolutum est, ut, quae causa ceteros
ad facinus impulit, cupiditas retinendae possessionis, ea Sittio non

Iam — sed tamen, eine vielfach
angezweifelte, falsch aufgefasste
Stelle, die durch Ergänzung eines
Gedankens zu erklären ist. 'Zuvörderst — ist es gleichgültig, bedarf
also keiner Antwort; aber doch erwiedere ich'. Zu dieser Ellipse vgl.
§. 22 und 51, zu *sed tamen* auch
§. 38, 44.

in munere servili, bei Spielen,
die Sklaven oblagen, er, der Hoch-
adliche, der Neffe des Dictators. Die
Präposition ist neuerer Zusatz.

ferramenta, von den Waffen der
Gladiatoren, wie Sueton. Tit. c. 9:
*oblata sibi ferramenta pugnantium
inspicienda.*

XX. Spanien, das noch unter den
Nachwehen des Sertorianischen
Krieges litt, war von Catilina in
den Kreis seiner Berechnungen
mitaufgenommen. Nach *H. citerior*
(später *Tarraconensis*) war schon
im J. 65 sein Freund Cn. Piso gegangen, s. Einl. 4; nach *ulterior*
entsandte er im J. 64 einen P. Sittius aus Nuceria in Campanien, der
dort schon gelebt und Geldgeschäfte
getrieben hatte, aber durch Schul-
den in einer geldknappen Zeit vielleicht zur Theilnahme an der Verschwörung bewogen war. Sittius
scheint in Spanien selbst nichts aus-
gerichtet zu haben; denn er ging
mit anderen Flüchtigen nach Mau-
retanien hinüber, wo er als Führer
einer Söldnerschaar in den Kriegen
der einheimischen Fürsten mit-
kämpfte. Dort lebte er noch zur
Zeit des afrikanischen Krieges 46
und leistete Caesar wichtige Dienste,
die dieser mit einem Theil von Nu-
midien belohnte. Nach Caesars
Tode wurde er von einem der dor-
tigen Fürsten Arabio ermordet, und
— *Arabioni de Sittio nihil irascor*, schreibt Cicero ad Att. XV,
17, 1.

§. 56. *At enim*, Einwurf mit Begründung: 'Aber er war doch an
der Verschwörung betheiligt, denn'.
Vgl. c. 22 a. A.

ab hoc, d. h. wohl nur auf Sullas
Anrathen von Catilina.

L. Julio C. Figulo coss. Aber
dass gerade unter dem Consulat des
L. Julius Caesar (s. §. 55) und C.
Marcius Figulus im J. 64 um den
1. Juni Catilina seine Verschwörung eingeleitet hat, berichtet Sallust c. 17.

aliquanto ante furorem. Damit
vgl. was Cicero selbst sagt, §. 67.

ratione, sc. pecuniaria.

Sulla procurante, als sein Gene-
ralbevollmächtigter, *procurator ab-
sentis*, s. §. 58. Dieses Processes
gedenkt auch Appian b. c. IV, 54:
Σίττιος ἐν Ῥώμῃ δίκην ἰδίαν (i. e.
causam privatam) οὐχ ὑποστὰς
ἔφυγε καὶ στρατὸν ἀγείρας etc.

*cupiditas retinendae possessio-
nis.* Unter die Verschworenen zählt
Cicero in Catil. II §. 18 auch reiche,

fuerit, praediis diminutis. 57. Iam vero illud quam incredibile,¦ quam absurdum, qui Romae caedem facere, qui hanc urbem inflammare vellet, eum familiarissimum suum dimittere ab se et amandare in ultimas terras! Utrum, quo facilius Romae ea, quae conabatur, efficeret, si in Hispania turbatum esset? At haec ipsa per se sine ulla coniunctione agebantur. An in tantis rebus, tam novis consiliis, tam periculosis, tam turbulentis hominem amantissimum sui, familiarissimum, coniunctissimum officiis, consuetudine, usu, dimittendum esse arbitrabatur? Veri simile non est, ut, quem in secundis rebus, quem in otio semper secum habuisset, hunc in adversis et in eo tumultu, quem ipse comparabat, ab se dimitteret. 58. Ipse autem Sittius — non enim mihi deserenda est causa amici 58 veteris atque hospitis — is homo est aut ea familia ac disciplina, ut hoc credi possit, eum bellum populo Romano facere voluisse? ut, cuius pater, quum ceteri deficerent finitimi ac vicini, singulari exstiterit in rem publicam nostram officio et fide, is sibi nefarium bellum contra patriam suscipiendum putaret? cuius aes alienum videmus, iudices, non libidine, sed negotii gerendi studio esse contractum; qui ita Romae debuit, ut in provinciis et in regnis ei maximae pecuniae deberentur; quas quum peteret, non commisit, ut sui procuratores quidquam oneris absente se sustinerent: venire omnes

---

aber stark verschuldete Grundbesitzer, 'qui magno in aere alieno maiores etiam possessiones habent, quarum amore adducti dissolvi nullo modo possunt'.

§. 57. *haec*, was hier in Rom geschah; *ipsa per se*, für sich allein, vgl. §. 67. Aber dass eine Verbindung beabsichtigt war, bezeugt Sallust c. 21, 3, wo Catilina zu den Seinigen spricht: *praeterea esse in Hispania citeriore Pisonem, in Mauretania cum exercitu P. Sittium Nucerinum consilii sui participes;* bezeugt auch Cicero selbst in Cat. IV §. 6: *Latius opinione disseminatum est hoc malum: manavit non solum per Italiam, verum etiam transcendit Alpes.* Vgl. Sueton. Caes. 9.

Verisimile non est, ut: s. d. Gramm. *dimitteret*, wie Verr. IV §. 11: *verisimile non est, ut ille — religioni suae monumentisque maiorum pecuniam anteponeret.* Es ist das tempus rei imperfectae in einem nicht wirklich eingetretenen, gegen die Wahrscheinlichkeit angenommenen Fall aus der Vergangenheit. Vgl. dazu den Indicativ *arbitrabatur*, wie *discedebat* §. 52, und im Folgenden §. 58 den Wechsel von *exstiterit* und *putaret*, wo man unrichtig *putarit* emendirt hat.

§. 58. *Ipse autem S.* Wie vorher von Seiten Sullas, soll nunmehr von der Person des Sittius aus der Wahrscheinlichkeitsbeweis geführt werden; daher *ipse.*

quum ceteri deficerent, im Bundesgenossenkrieg. Ob Nuceria, eine *civitas foederata* mit Exilrecht, p. Balb. §. 28, auch damals, wie früher im zweiten punischen Kriege, oder in Nuceria nur des Sittius Vater treu geblieben ist, geht aus den Worten nicht deutlich hervor.

negotii gerendi studio, aus Speculationslust. Beachte den Singular in der Redensart *negotium gerere*, Handelsgeschäfte treiben.

ita — debuit, ut, s. zu §. 42.

quidquam oneris. Der Procurator eines verklagten Schuldners musste für die Zahlung Caution leisten. p. Quinct. §. 29: *Iste postulat, ut procurator iudicatum solvi satis daret.*

suas possessiones et patrimonio se ornatissimo spoliari maluit quam
59 ullam moram cuiquam fieri creditorum suorum. 59. A quo quidem genere, iudices, ego numquam timui, quum in illa rei publicae
tempestate versarer: illud erat hominum genus horribile et perti-
mescendum, qui tanto amore suas possessiones amplexi tenebant,
ut ab iis membra citius divelli ac distrahi posse diceres. Sittius
numquam sibi cognationem cum praediis esse existimavit suis; itaque se non modo ex suspitione tanti sceleris, verum etiam ex omni
hominum sermone non armis, sed patrimonio suo vindicavit.
60   XXI. 60. Iam vero quod obiecit, Pompeianos esse a Sulla
impulsos, ut ad istam coniurationem atque ad hoc nefarium facinus
accederent, id cuius modi sit, intelligere non possum. An tibi Pompeiani coniurasse videntur? quis hoc dixit umquam? aut quae fuit
istius rei vel minima suspitio? 'Diiunxit', inquit, 'eos a colonis,
ut hoc discidio ac dissensione facta oppidum in sua potestate posset
per Pompeianos habere'. Primum omnis Pompeianorum colono-
rumque dissensio delata ad patronos est, quum iam inveterasset ac
multos annos esset agitata; deinde ita a patronis res cognita est, ut
nulla in re a ceterorum sententiis Sulla dissenserit; postremo co-
loni ipsi sic intelligunt, non Pompeianos a Sulla magis quam sese
61 esse defensos. 61. Atque hoc, iudices, ex hac frequentia colono-

§. 59. *illud erat — pertimescen-
dum*, im Vergleich mit Sittius; dagegen sagt Cicero in Cat. II §. 18,
wo er sie mit anderen Classen
der Verschworenen zusammenstellt:
*Sed hosce homines minime puto per-
timescendos, quod aut deduci de
sententia possunt aut, si permane-
bunt, magis mihi videntur vota
facturi contra rem p. quam arma
laturi.*

cognationem. Mit demselben Bilde
sagt Cicero p. Balb. §. 56: *simul
illud nesciebat, praediorum nullam
esse gentem; emptionibus ea solere
saepe ad alienos homines — per-
venire.*

XXI. In Italien hatte Catilina
vorzugsweise solche Gemeinden ins
Auge gefasst, denen der Dictator
Sulla zur Strafe für ihre Betheiligung am Bürgerkriege ihre Feld-
mark ganz oder zum Theil genommen hatte, um seine Veteranen darauf anzusiedeln. Zu diesen ge-
hörte auch Pompeji. Dort lebten
seitdem in einem Mauerring vereint
zwei verschiedene Bürgerschaften:

die Altbürger, *Pompeiani*, und die
sullanischen Colonisten, die natürlich leicht in Streit miteinander
kommen mussten. Sie haderten
schon seit Jahren über die Wahlen
zu den Gemeindeämtern (*de suffragiis suis*) und über die Benutzung
einer öffentlichen Promenade (*de
ambulatione*, vielleicht eine *porti-
cus ambulatoria*), und hatten ihren
Streit vor die mit der Gründung
der Colonie beauftragten Männer
(gewöhnlich *tres viri*) gebracht, die
nach alter Sitte ihre Patrone geworden waren. Darunter war auch
Sulla, der also, wenn er ein Mit-
verschworener war, eine bequeme
Gelegenheit hatte den unterdrück-
ten Theil für Catilinas Pläne zu
gewinnen.

§. 60. *vel minima.* Die hinabge-
hende Steigerung drücken wir durch
'auch nur' aus; vgl. p. S. Rosc.
Am. §. 8: *quodsi aut causa criminis aut facti suspitio aut quaelibet
denique vel minima res reperietur.*

sic intelligunt, d. h. sind davon
überzeugt. Oefters leiten *ita* und
sic den Acc. cum Inf. ein.

rum, honestissimorum hominum, intelligere potestis, qui adsunt, laborant, hunc patronum, defensorem, custodem illius coloniae si in omni fortuna atque omni honore incolumem habere non potuerunt, in hoc tamen casu, [in] quo adflictus iacet, per vos iuvari conservarique cupiunt. Adsunt pari studio Pompeiani, qui ab illis etiam in crimen vocantur: qui ita de ambulatione ac de suffragiis suis cum colonis dissenserunt, ut idem de communi salute sentirent. 62. Ac ne haec quidem P. Sullae mihi videtur silentio praetere- 62 unda esse virtus, quod, quum ab hoc illa colonia deducta sit, et quum commoda colonorum a fortunis Pompeianorum rei publicae fortuna diiunxerit, ita carus utrisque est atque iucundus, ut non alteros demovisse, sed utrosque constituisse videatur.

XXII. At enim et gladiatores et omnis ista vis rogationis Caeciliae causa comparabatur. Atque hoc loco in L. Caecilium, pudentissimum atque ornatissimum virum, vehementer invectus est: cuius ego de virtute et constantia, iudices, tantum dico, talem hunc in ista rogatione, quam promulgarat non de tollenda, sed de levanda calamitate fratris sui, fuisse, ut consulere voluerit fratri, cum re publica pugnare noluerit, promulgarit impulsus amore fraterno, destiterit fratris auctoritate deductus. 63. Atque in ea re per L. 63 Caecilium Sulla accusatur, in qua re est uterque laudandus: primum

---

§. 61. *qui adsunt, laborant*, als *advocati* und *laudatores*, s. §. 49 und Einl. 12 A. 42. Zum Asyndeton vgl. §. 44.

in omni — honore erkläre aus Einl. 3.

quo adflictus. Wenige Hss. wiederholen die Präposition, wohl irrthümlich; denn man sagt *casu adflictus*, auch *iacere in maerore, lacrimis, sordibus*, aber schwerlich *in casu adflictum iacere*.

ab illis, s. §. 2; a. L. *ab his*, Emendation *ab istis*.

ita — ut, s. §. 42; *cum colonis dissenserunt*, nicht *ab*, wie öfters auch bei Synonymen, erklärt sich aus *non consentire cum*.

§. 62. *quum commoda —*, d. h. da das Interesse des Staats es erforderte, dass den Colonisten Vortheile auf Kosten der Pompejaner eingeräumt wurden. In dem Wortspiel hat Cicero den alten Dichter Naevius zum Vorgänger. Tusc. IV §. 67: *Fortunam ipsam anteibo fortunis meis.*

demovisse de agris, *constituisse* in agris; vgl. Caes. b. Gall. I, 13,

3: *ibi futuros Helvetios, ubi eos Caesar constituisset atque esse voluisset.*

XXII. Vgl. Einl. 7.

At enim, s. §. 56; *gladiatores*, die §. 54 erwähnten; *ista vis*, die mit ihnen beabsichtigt wurde; *comparabatur*, an das nächste Subject angeschlossen, wie §. 71 *convinceret.*

hoc loco = hic §. 50, 67, wie z. B. Verr. 5 §. 11: *quid hoc loco potes dicere?* §. 45: *quid mihi hoc loco respondebis?* Weniger gut ist eine a. L. *in hoc loco.*

pudentissimum = modestissimum, vgl. *pudori meo* §. 85.

promulgarat, s. Einl. 7 Anm. 27; *fratris sui*, Anm. 22.

voluerit, noluerit, s. zu §. 3.

§. 63. *per L. Caecilium Sulla*. Das Folgende erläutert: zunächst Caecilius, in ihm auch Sulla.

Primum Caecilius, scil. accusatur. Das zweite Glied: *deinde P. Sulla* hat im weiteren Verlauf der Argumentation eine andere Form angenommen; s. c. 23 a. A. Den Caecilius rechtfertigt Cicero nicht ganz

Caecilius, qui *si* id promulgarit, in quo res iudicatas videatur
voluisse rescindere, ut *r*estitueretur Sulla, recte reprehendis; status
enim rei publicae maxime iudicatis rebus continetur, neque ego
tantum fraterno amori dandum arbitror, ut quisquam, dum saluti
suorum consulat, communem relinquat. *At* nihil de iudicio ferebat,
sed poenam ambitus eam referebat, quae fuerat nuper, superioribus
legibus constituta; itaque hac rogatione non iudicum sententia, sed
legis vitium corrigebatur. Nemo iudicium reprehendit, quum de
poena queritur, sed legem; damnatio est enim iudicum, quae ma-
64 nebat, poena legis, quae levabatur. 64. Noli igitur animos eorum
ordinum, qui praesunt iudiciis summa cum gravitate et dignitate,
alienare a causa. Nemo labefactare iudicium est conatus, nihil est
eius modi promulgatum; semper Caecilius in calamitate fratris sui
iudicum potestatem perpetuandam, legis acerbitatem mitigandam
putavit.

    XXIII. Sed quid ego de hoc plura disputem? Dicerem for-
tasse et facile et libenter dicerem, si paullo etiam longius, quam
finis cotidiani officii postulat, L. Caecilium pietas et fraternus amor

gegen den Vorwurf, dass er ein
rechtskräftiges Urtheil habe um-
stossen wollen; denn während er
mit Grund das Gesetz, wonach das
Urtheil gesprochen, von dem einzelnen Fall, wobei es angewandt
ist, sondert, verschweigt er, dass
Caecilius seinem Gesetzesvor-
schlage zu Gunsten seines Bruders
auch rückwirkende Kraft hatte geben wollen. s. Einl. 7 Anm. 25.

qui si id, für *quem, si id*, indem
das Pronomen relativum, wie öfters,
an das nächste Satzglied angeschlossen ist.

promulgarit, durch eine a. L.
promulgaret besser beglaubigt als
promulgavit. Dadurch wird aber
die Emendation *videatur* für *videbatur* nöthig. Es folgt der Indic.
r prehendis mit einer nicht seltenen
Mischung zweier verwandten Formen der Aussage, der Möglichkeit
und der Wirklichkeit.

status — continetur, 'wird be-
dingt, beruht'. Den Gedanken erläutert Cicero in Verr. 5 §. 12: *Per-
ditae civitates desperatis iam omnibus rebus hos solent exitus exi-
tiales habere, ut damnati in integrum restituantur, vincti solvan-*

*tur, exsules reducantur, res iudi-
catae rescindantur.*

ferebat, referebat, nämlich in seinem Antrage. Zum Anklange vgl.
§. 27, zur Bedeutung dieser und
der folgenden Imperfecta §. 49.

nuper, vor der *lex Calpurnia* vom
J. 67, s. Einl. 3; *superioribus legibus*, s. Einl. 7 Anm. 24.

quae manebat, 'aber diese'; *quae
levabatur*, 'und diese'.

§. 64. *eorum ordinum*, s. Einl. 11.
XXIII. *de hoc*, i. e. de L. Caecilio. Cicero will auf die Rechtfer-
tigung des P. Sulla übergehen, den
der Ankläger wahrscheinlich be-
schuldigt hatte, dass er jenen Antrag eingegeben, und, um einen
günstigen Erfolg zu erzwingen, für
den Abstimmungstag Gewaltmittel
vorbereitet hatte. Das Erste wie-
derlegt §. 65, das Zweite §. 66.

Dicerem, scil. plura; *longius
quam —*, d. h. über die gewöhnlichen Grenzen der brüderlichen
Pflichten hinaus bis zur Collision
mit den Pflichten gegen das öffentliche Wohl. Das Folgende ist weitere Ausführung zu *dicerem plura;*
am Schluss des Satzes ist der Ge-
danke: 'Aber dies alles ist nicht
nöthig, denn' — verschwiegen.

propulisset; implorarem sensus vestros, unius cuiusque indulgen-
tiam in suos testarer, peterem errato veniam [L. Caecilii] ex in-
timis vestris cogitationibus atque ex humanitate communi. 65. Lex 65
dies fuit proposita paucos; ferri coepta numquam, deposita est in
senatu. Kalendis Ianuariis quum in Capitolium nos senatum con-
vocassemus, nihil est actum prius, et id mandatu Sullae Q. Metellus praetor se loqui dixit, Sullam illam rogationem de se nolle ferri.
Ex illo tempore L. Caecilius de re publica egit multa: agrariae legi,
quae tota a me reprehensa et abiecta est, se intercessorem fore
professus est, improbis largitionibus restitit, senatus auctoritatem
numquam impedivit, ita se gessit in tribunatu, ut onere deposito
domestici officii nihil postea nisi de rei publicae commodis cogitarit.
66. Atque in ipsa rogatione ne per vim quid ageretur, quis tum 66
nostrum Sullam aut Caecilium verebatur? Nonne omnis ille terror,
omnis seditionis timor atque opinio ex Autronii improbitate pende-
bat? Eius voces, eius minae ferebantur; eius aspectus, concursatio,

sensus, Mitgefühl.

§. 65. *Lex dies* —: Den Mangel
jeglicher Verbindung muss Vortrag
und Gesticulation ersetzen.

fuit proposita, nicht für *est pr.*
Das Tempus behält seine eigent-
liche Bedeutung; vgl. p. Sest. §.
55: *legum multitudinem, quum
earum quae latae sunt, tum vero
quae promulgatae fuerunt.*

in Capitolium, s. Einl. 4 nach
A. 12.

nihil est actum prius, scil. huma-
narum rerum secundum religiones;
denn der erste Vortrag der neuen
Consuln betraf immer religiöse Ge-
genstände.

mandatu Sullae. Warum er nicht
selbst kam, zeigt Einl. 3.

Q. Metellus Celer, derselbe, der
das Commando in der picenischen
Mark (§. 53) erhalten hatte und
von dort aus Catilina den Weg
über die Apenninen nach dem cis-
alpinischen Gallien verlegte und
ihn dadurch zum Kampfe nöthigte,
Cons. 60.

de re p. Ansprechend ist die
Emendation *e re p.* d. h. zum Be-
sten des Staates, doch nicht nöthig.

agrariae legi des Volkstribunen
P. Servilius Rullus, wonach ausser-
italische Domänen verkauft werden
sollten, um in Italien geeignetes
Land zur Gründung von Colonien

anzukaufen. Drei Reden Ciceros
dagegen sind noch, freilich nicht
vollständig, erhalten.

improbis largitionibus, wie Hor.
carm. 3, 24, 62 *improbae divitiae*,
'schamlos, heillos, masslos'; vgl.
auch §. 66 *improbitate* und §. 71
verbis improbissimis.

nihil nisi de, wie in Cat. 1 §. 17:
*patria — iam diu nihil te iudicat
nisi de parricidio suo cogitare.*

§. 66. *in ipsa rogatione*, d. h. am
Tage, wo der Antrag zur Abstimmung kommen sollte, im Gegensatz
zu dem vorbereitenden Verfahren;
vgl. §. 81 *in ipsa suspitione periculi.*

Sullam aut Caecilium ist in den
Hauptsatz hineingezogen, um diesen Worten *Autronii* gegenüber
einen stärkeren Ton zu verleihen;
vgl. §. 88 *Huic puero.*

ferebantur, scil. hominum sermonibus, wie p. Arch. §. 21 *feretur et
praedicabitur.*

adspectus, wie §. 15; *stipatio*
wird durch das folgende *greges h.
p.* erläutert; *metum seditionesque*
zerlegt das frühere *seditionis timor*,
wodurch *afferre* einen Doppelsinn
erhält, 'herbeibringen = veranlas-
sen und = verkündigen; vgl. §. 62
gladiatores et vis comparabatur.
Unnöthige Emendation *tumultum
s. q.*

stipatio, greges hominum perditorum metum nobis seditionesque
adferebant. Itaque P. Sulla hoc importunissimo quum honoris,
tum etiam calamitatis socio atque comite et secundas fortunas amittere coactus est et in adversis sine ullo remedio atque adlevamento
permanere.

67   XXIV. 67. Hic |tu epistolam meam saepe recitas, quam ego
ad Cn. Pompeium de meis rebus gestis et de summa re publica
misi, et ex ea crimen aliquod in P. Sullam quaeris; et, si furorem
incredibilem biennio ante conceptum erupisse in meo consulatu
scripsi, me hoc demonstrasse dicis, Sullam in illa fuisse superiore
coniuratione. Scilicet ego is sum qui existimem, Cn. Pisonem et
Catilinam et Vargunteium et Autronium nihil scelerate, nihil auda-
68 cter ipsos per sese sine P. Sulla facere potuisse. 68. De quo etiam
si quis dubitasset antea, num id, quod tu arguis, cogitasset, inter-
fecto patre tuo consulem descendere Kalendis Ianuariis cum lictoribus, sustulisti hanc suspitionem, quum dixisti hunc, ut Catilinam
consulem efficeret, contra patrem tuum operas et manum com-
parasse. Quod si tibi ego coufitear, tu mihi concedas necesse est,
hunc, quum Catilinae suffragaretur, nihil de suo consulatu, quem
iudicio amiserat, per vim recuperando cogitavisse; neque enim

secundas fortunas, s. §. 1. Der
Plural in dieser Phrase ist ungewöhnlich.

XXIV. Zum Schluss dieses Theils
(*s. c.* 13 *a.* A.) verwahrt sich Cicero
gegen eine falsche Auslegung seiner
Worte und weist dagegen dem Ankläger einen Widerspruch nach, in
den er sich verwickelt hat.

§. 67. *epistolam meam.* Cicero
hatte an Pompeius, der damals in
Asien commandirte, einen sehr aus-
führlichen Brief '*de rebus suis in
consulatu gestis*' (Schol. p. 270 Or.)
geschickt, in welchem er sich ruhm-
redig wie in den Catilinarien (III
c. 11, IV c. 10) mit den berühmtesten Feldherrn verglich. Dadurch
verletzt antwortete Pompeius nicht,
zur grossen Kränkung Ciceros. ad
Fam. V, 7, 3. Der Brief selbst ist
nicht mehr vorhanden.

de summa re p. wie z. B. p. Planc.
§. 66: *ut etiam summa res p. mihi
domi fuerit gerenda et urbs in urbe
servanda.*

biennio ante ist nicht ganz genau, denn schon im J. 66 wurde be-
schlossen, was 65 ausgeführt werden sollte; s. Einl. 4 Anm. 12.

eripuisse in meo c. Mit anderer

Auffassung p. Muren. §. 81: *Omnia,
quae per hoc triennium agitata
sunt, iam ab eo tempore, quo a L.
Catilina et Cn. Pisone initum consilium senatus interficiendi scitis
esse, in hos dies, in hos menses, in
hoc tempus erumpunt.*

demonstrasse, insofern er die
erste Quelle der letzten Unruhen
in der verunglückten Bewerbung
und der Verurtheilung des Sulla
und Autronius gesucht hatte.

ipsos per sese, s. §. 57.

§. 68. *consulem.* Gewöhnlich
liest man mit falscher Deutung einer
Abkürzung *consule;* aber der neue
Consul stieg nach Darbringung der
Antrittsopfer und Abhaltung der
ersten Senatssitzung vom Capitol
im Festzuge (*cum lictoribus*) zum
Forum hinab.

Catilinam cons. mit Autronius,
nicht sich selbst, s. Einl. 4 und 6
Anm. 16.

operas, öfters im schlimmen Sinne
'zu Unruhen gedungene Leute'.

quum C. suffragaretur, wie du
behauptest, s. z. §. 44.

neque enim schliesst sich an den
abhängigen Satz *nihil cogitavisse*
an; *suscipit*, nimmt an, d. h. ist

istorum facinorum tantorum, tam atrocium crimen, iudices, P. Sullae persona suscipit.

69. Iam enim faciam, criminibus omnibus fere dissolutis, con-69 tra atque in ceteris causis fieri solet, ut nunc denique de vita hominis ac de moribus dicam. Etenim de principio studuit animus occurrere magnitudini criminis, satis facere exspectationi hominum, de me aliquid ipso, qui accusatus eram, dicere: nunc iam revocandi estis eo, quo vos ipsa causa, etiam tacente me, cogit animos mentesque convertere. XXV. Omnibus in rebus, iudices, quae graviores maioresque sunt, quid quisque voluerit, cogitarit, admiserit, non ex crimine, sed ex moribus eius, qui arguitur, est ponderandum; neque enim potest quisquam nostrum subito fingi, neque cuiusquam repente vita mutari aut natura converti. 70. Cir-70 cumspicite paulisper mentibus vestris, ut alia omittamus, hosce ipsos homines, qui huic adfines sceleri fuerunt. Catilina contra rem publicam coniuravit: cuius aures umquam hoc respuerunt, conatum esse audacter hominem a pueritia non solum *in* intemperantia et scelere, sed etiam consuetudine et studio in omni flagitio, stupro, caede versatum? Quis eum contra patriam pugnantem perisse miratur, quem semper omnes ad civile latrocinium natum putaverunt? Quis Lentuli societates cum indicibus, quis

---

fähig. Andere Ausdrücke desselben Gedankens *s.* in §. 74 und 75.

§. 69. Uebergang zum letzten Haupttheil der Rede, einem Wahrscheinlichkeitsbeweise aus dem Leben und Charakter des Angeklagten (*probabile ex vita*). Cicero hat ihn zuletzt gestellt, weil er ihm am meisten Gelegenheit gibt seine glänzende Beredsamkeit zu zeigen. Zuerst führt er das Gegenbild in anderen Häuptern der Verschwörung vor.

contra atque — solet. Quintil. Inst. Or. VII, 2, 27: *nam is ordo est, an facere voluerit, potuerit, fecerit; ideoque intuendum ante omnia, qualis sit de quo agitur.*

de principio, 'gleich am A.', wie *de die, de nocte, de tertia vigilia.*

nunc iam gehäuft im stärkeren Gegensatz zu einem vergangenen Zustande, 'nunmehr', wie Cassius ad Fam. XII, 12, 2: *habui paullulum morae —, nunc iam sum expeditus.*

XXV. *neque enim potest.* Iuven. Sat. II, 83: *Nemo repente fuit turpissimus.*

§. 70. *huic adfines sc.* Eine andere Construction zeigte §. 17.

hoc respuerunt, nicht *haec*, wie andere aus einer Hs. geben; es folgt nur ein Glied.

in intemp. et scelere, i. e. in intemperantia scelesta als ἓν διὰ δυοῖν. Was Cicero meint, zeigt vielleicht Q. Tull. Cic. de pet. cons. §. 9: *natus in patris egestate, educatus in sororis stupris.* Die Präposition ist neuerer Zusatz.

studio, 'aus Neigung'. Sall. Cat. 5: *Huic ab adolescentia bella intestina, caedes, rapinae, discordia civilis grata fuere, ibique iuventutem suam exercuit.* Er diente dem Dictator Sulla als Vollstrecker von dessen Proscriptionen, vergeudete dann in einem wüsten Leben seinen Antheil an der Beute, soll auch eine Vestalin verführt haben.

latrocinium statt *bellum*, wie in Cat. I, §. 27, weil ohne ein reguläres Heer geführt.

indicibus, Angebern von Profession, die in der letzten Zeit der Republik eine ähnliche Rolle spielten, wie die *delatores* unter den Kaisern.

insaniam libidinum, quis perversam atque impiam religionem recordatur, qui illum aut nefarie cogitasse aut stulte sperasse miretur? Quis de .C. Cethego atque eius in Hispaniam profectione ac de vulnere Q. Metelli Pii cogitat, cui non ad illius poenam carcer aedificatus 71 esse videatur? 71. Omitto ceteros, ne sit infinitum; tantum a vobis peto, ut taciti de omnibus, quos coniurasse cognitum est, cogitetis: intelligetis, unum quemque eorum prius a sua vita quam vestra suspitione esse damnatum. Ipsum illum Autronium, quoniam eius nomen finitimum maxime est huius periculo et crimini, non sua vita ac natura convincit? Semper audax, petulans, libidinosus; quem in stuprorum defensionibus non solum verbis uti improbissimis solitum esse scimus, verum etiam pugnis et calcibus; quem exturbare homines e possessionibus, caedem facere vicinorum, spoliare fana sociorum, vi [conatum] et armis disturbare iudicia, in bonis rebus omnes contemnere, in malis pugnare contra bonos, non rei publicae cedere, non fortunae ipsi succumbere: huius si

So heisst Catilina p. Mur. §. 49: *vallatus indicibus atque sicariis*, Clodius p. Sest. §. 95: *stipatus semper sicariis, saeptus armatis, munitus indicibus, quorum hodie copia redundat.*

insaniam libidinum, i.e. insanas, immodicas libidines, s. §. 21 a. E. Lentulus war schon im J. 71 Consul gewesen, aber im folgenden Jahre seiner Ausschweifungen wegen (δι' ἀσέλγειαν, Plut. Cic. 17) von den Censoren aus dem Senat gestossen und hatte sich, um in denselben wieder einzutreten, für das J. 63 von neuem um die Prätur beworben.

perversam — religionem. Durch falsche Weissager hatte er sich einreden lassen, er sei nach Cinna und Sulla der dritte Cornelier, dem die Regierung Roms bestimmt sei.

Q. Metelli Pii, der 79—71 den Krieg gegen Sertorius führte. Ueber seine Verwundung durch Cethegus ist nichts weiter bekannt; es sagt nur Sallust über diesen c. 43, 4: *Natura ferox, vehemens, manu promptus erat*, und Cicero in Cat. III §. 16 erwähnt seine '*furiosam temeritatem*'.

carcer, in dessen unterem Raum, dem s. g. *Tullianum* (Sall. 53, 3)

er mit Lentulus und den übrigen hingerichtet wurde.

§. 71. *intelligetis*, asyndetisch nach einem Imperativsatze, s. zu §. 5.

a sua vita, 'von Seiten', aber *vestra* s. 'durch', wie Verr. I §. 2 *omnium opinione*, §. 10 *omnium voluntate iudicioque damnatus.* Unrichtig wiederholen einige Hss. und Ausg. die Präposition.

convincit schliesst auch *convicit* ein (a. L.), wie im Folgenden *convincerent*, nicht *convicissent.*

Semper audax etc., eine Charakteristik in einzelnen Bildern, daher mit Auslassung von *erat.*

in stuprorum defensionibus, als Anwalt anderer. Ueber ihn als Redner urtheilt Cicero Brut. §. 241: *voce peracuta atque magna, nec alia re probabilis.*

pugnis et calcibus, wie im eigentlichen Sinn Verr. 3 §. 56: *quum pugnis et calcibus concisus esset*, soll hier die leidenschaftliche Action des Autronius schildern.

exturbare etc. Davon ist weiter nichts bekannt.

sociorum, als Beamter in einer Provinz.

conatum verräth sich durch verschiedene Stellung als Glossem; *disturbare iudicia*, s. §. 15.

causa non manifestissimis rebus teneretur, tamen eum mores ipsius
ac vita convincerent.

XXVI. 72. Agedum, conferte nunc cum illius vitam P. Sullae 72
vobis populoque Romano notissimam, iudices, et eam ante oculos
vestros proponite. Ecquod est huius factum aut commissum non
dicam audacius, sed quod cuiquam paullo minus consideratum videretur? Factum quaero? Verbum ecquod umquam ex ore huius
excidit, in. quo quisquam posset offendi? At vero in illa gravi
L. Sullae turbulentaque victoria quis P. Sulla mitior, quis misericor-
dior inventus est? Quam multorum hic vitam est a L. Sulla deprecatus!
quam multi sunt summi homines et ornatissimi et nostri et equestris
ordinis, quorum pro salute se hic Sullae obligavit! Quos ego nomi-
narem, neque enim ipsi nolunt et huic animo gratissimo adsunt;
sed quia maius est beneficium, quam posse debet civis civi dare,
ideo a vobis peto, ut, quod potuit, tempori tribuatis, quod fecit, ipsi.
73. Quid reliquam constantiam vitae commemorem? dignitatem, 73
liberalitatem, moderationem in privatis rebus, splendorem in publicis? quae ita deformata sunt a fortuna, ut tamen a natura inchoata
compareant. Quae domus, quae celebratio cotidiana! quae familiarium dignitas! quae studia amicorum! quae ex quoque ordine
multitudo! Haec diu multumque et multo labore quaesita una eri-

teneretur = deprehensus, convictus esset, wie anderwärts *manifesto
argumento, testibus, in maleficio.*
convincerent. Auch hier ist *convinceret* a. L., s. zu c. 22 a. A.
XXVI. Vgl. Einl. 2 ff.
§. 72. *cum illius*, wie Verr. 4 §.
45: *ut non conferam vitam tuam cum
illius.* Irrthümlich geben manche
Hss. und Ausgaben *cum illis.* Auch
vita statt *vitam* scheint des folgenden *notissimam* wegen fehlerhaft.
videretur auf die Vergangenheit
bezogen, 'damals scheinen mochte,
konnte', dem folgenden *posset offendi* parallel, von *videatur*, was
manche Ausgaben einsetzen, dem
Sinne nach verschieden.
Factum quaero, eine neue Form
der *correctio*, s. zu §. 51, öfters mit
dico.
in quo bei der medialen Form *offendi*, 'Anstoss nehmen', wie Verr.
5 §. 31: *non offendebantur homines
in eo.*
vitam est — deprecatus: Mit anderer Auffassung *mortem* Verr. 5 §.125.
nostri ordinis, i. e. senatorii; *se
obligavit*, indem er für ihr ferneres
Verhalten gut sagte.

quam posse debet civis civi dare,
insofern Begnadigung Vorrecht
eines Monarchen ist. Zur Form
vgl. *vir virum legit, manus manum
lavat.*
§. 73. *reliquam constantiam vitae*, 'feste Haltung', mit Versetzung
des Adjectivs für *reliquae vitae,*
seines späteren Lebens nach Sullas
Siege bis zu seiner Verurtheilung,
wenn nicht Fehler der Hss. Zum
Gedanken vgl. de Off. I §. 98: *hoc
decorum, quod elucet in vita, movet
approbationem eorum, quibuscum
vivitur, ordine et constantia et mo-
deratione dictorum omnium atque
factorum.*
ita — ut tamen, s. zu §. 42.
Quae domus. Ein schönes, ge-
räumiges und bequemes Haus rech-
net Cicero de Off. I. c. 39 zu den
Erfordernissen eines angesehenen
Mannes.
celebratio, vgl. de Off. I §. 139:
*Ampla domus dedecori saepe do-
mino fit, si est in ea solitudo.*
Manche verbinden *domus celebratio*
mit Tilgung des zweiten *quae*, wie
in Pison. §. 64 *celebritatem dome-
sticam.*

4*

puit hora. Accepit P. Sulla, iudices, vulnus vehemens et morti-
ferum, verum tamen eius modi quod videretur huius vita et natura
accipere potuisse. Honestatis enim et dignitatis habuisse nimis
magnam iudicatus est cupiditatem: quam si nemo alius habuit in
consulatu petendo, cupidior iudicatus est hic fuisse quam ceteri;
sin etiam in aliis non nullis fuit iste consulatus amor, fortuna in
74 hoc fuit fortasse gravior quam in ceteris. 74. Postea vero quis
P. Sullam nisi maerentem, demissum adflictumque vidit? quis umquam est suspicatus, hunc magis odio quam pudore hominum aspe-
ctum lucemque vitare? Qui quum multa haberet invitamenta urbis
et fori propter summa studia amicorum, quae tamen ei sola in malis
restiterunt, afuit ab oculis vestris, et, quum lege retineretur, ipse
se exsilio paene multavit. XXVII. In hoc vos pudore, iudices, et
in hac vita tanto sceleri locum fuisse creditis? Aspicite ipsum, con-
tuemini os; conferte crimen cum vita, vitam ab initio usque ad hoc
75 tempus explicatam cum crimine recognoscite. 75. Mitto rem publicam, quae fuit semper Sullae carissima: hosne amicos, tales viros,
tam cupidos sui, per quos res eius secundae quondam erant orna-
tae, nunc sublevantur adversae, crudelissime perire voluit, ut cum
Lentulo et Catilina et Cethego foedissimam vitam ac miserrimam
turpissima morte proposita degeret? Non, inquam, cadit in hos
mores, non in hunc pudorem, non in hanc vitam, non in hunc hominem ista suspitio. Nova quaedam illa immanitas exorta est, in-

quod videretur etc. d. h. die mit
seinem früheren Leben und Charakter vereinbar scheinen könnte.
Den Gegensatz suche in §. 75.

habuisse iudicatus est, ein Beispiel der persönlichen Construction
im zusammengesetzten Tempus; s.
d. Gramm.

in aliis non nullis. Wahl durch
Bestechung war sogar ganz gewöhnlich. Schon im J. 63 wurde
wieder ein designirter Consul L.
Licinius Murena des *ambitus* angeklagt und kaum unter Ciceros Beistand freigesprochen, und von Atticus sagt Corn. Nepos 6, 2: *Honores
non petiit, quod neque peti more
maiorum neque capi possent con-
servatis legibus in tam effusi ambitus largitionibus.*

§. 74. *urbis*, i. e. ad urbem.

quae tamen mit verschwiegenem
Gegensatz, 'die wenigstens, wenn
auch nichts anderes'.

quum lege retineretur, insofern
die damals gültige *lex Calpurnia*

noch nicht Verbannung aussprach;
s. Einl. 7 Anm. 26.

XXVII. *Aspicite ipsum* etc. wieder ein Beispiel der *s. g. interpretatio*, s. §. 20. Mit Unrecht hat man
conferte crimen cum vita oder *cum
crimine* als Glosse streichen wollen.

§. 75. *cupidos*, wie öfters mit einem
Genitiv der Person, = *amantes,
studiosos.*

perire voluit. Man erwartet eher
den Coni. dubitativus *voluerit.*

Non, inquam — ist die Antwort
auf die Frage am Anfang des Cap.
Ansprechend, aber weniger beglaubigt ist eine a. L. *non cadit, non,
inquam, cadit.*

Nova quaedam. Oefters geht
quidam bei Adjectiven aus einem
schwachen 'etwa, fast' in ein kräf-
tigeres 'ganz, förmlich, wirklich'
über, z. B. Verr. 5 §. 29: *iste novo
quodam ex genere imperator.* —
Cicero malt die unerhörte Gräss-
lichkeit einer Verschwörung gegen
das Vaterland rhetorisch aus (eine
s. g. amplificatio), um es weniger

credibilis fuit ac singularis furor; ex multis ab adolescentia colle-
ctis perditorum hominum vitiis repente ista tanta importunitas
inauditi sceleris exarsit. 76. Nolite, iudices, arbitrari hominum 76
illum impetum et conatum fuisse; neque enim ulla gens tam bar-
bara aut tam immanis umquam fuit, in qua non modo tot, sed unus
tam crudelis hostis patriae sit inventus: beluae quaedam illae ex
portentis immanes ac ferae, forma hominum indutae, exstiterunt.
Perspicite etiam atque etiam, iudices, — nihil enim 'est, quod in
hac causa dici possit vehementius — penitus introspicite Catilinae,
Autronii, Cethegi, Lentuli ceterorumque mentes: quas vos in his
libidines, quae flagitia, quas turpitudines, quantas audacias, quam
incredibiles furores, quas notas facinorum, quae indicia parricidiorum, quantos acervos scelerum reperietis! Ex magnis et diu-
turnis et iam desperatis rei publicae morbis ista repente vis erupit,
ut ea confecta et eiecta convalescere aliquando et sanari civitas
posset; neque enim est quisquam, qui arbitretur illis inclusis in re
publica pestibus diutius haec stare potuisse. Itaque eos non ad
perficiendum scelus, sed ad luendas rei publicae poenas Furiae
quaedam incitaverunt. XXVIII. 77. In hunc igitur gregem vos 77
nunc P. Sullam, iudices, ex his, qui cum hoc vivunt atque vixe-
runt, honestissimorum hominum gregibus reiicietis? ex hoc amicorum numero, ex hac familiarium dignitate in impiorum partem
atque in parricidarum sedem ac numerum transferetis? Ubi erit

wahrscheinlich zu machen, dass
Sulla daran Theil genommen habe.

§. 76. *hominum.* Der Gegensatz
folgt in *beluae,* Unmenschen, Ungeheuer in Menschengestalt.

non modo — sed, s. zu §. 54.

ex portentis, aus der Zahl der—.
Cicero denkt an die Ungeheuer, mit
denen Dichter und Maler die Vor-
zeit und die Unterwelt bevölkerten.

Perspicite wird nach der Parenthese durch *penitus introspicite*
wiederaufgenommen.

turpitudines, audacias mit Uebergang in die concrete Bedeutung.

parricidiorum. Dem Catilina
wird der Mord eines Bruders, eines
Schwagers, eines Sohnes vorgeworfen.

confecta et eiecta. Woher das
Bild, zeigt Plin. Hist. N. XXVI,
28: *alvus cibos — alias non capit,
alias non conficit.*

pestibus, Peststoffe; *haec, s.* §.32.

Furiae. Die Erinnyen strafen
nicht bloss, sie verblenden auch die
Menschen, denen ein hartes Schicksal bestimmt ist, um sie zu sträfli-
chen Handlungen zu verleiten.
Hom. Od. XV, 234. So citirt Quintil. I. Or. IX, 3, 47 aus einem Redner: *Perturbatio istum mentis et
quaedam scelerum offusa caligo et
ardentes Furiarum faces excita-
runt.*

XXVIII. §. 77. *In hunc igitur gr.*
Beachte die Wiederholung desselben
Pronomens in verschiedenem Sinn
und Casus.

ex hoc amicorum n. mit bekann-
ter Attraction für *ex horum a. n.,*
vgl. §. 39 *in eo numero.* — Die Lesart beruht nur auf Conjectur. Die
beste Hs. vertauscht: *amicorum
gregibus, hominum numero,* die
übrigen setzen beide Male *hominum;* aber *amicorum* gehört zu *familiarium,* wie §. 73, und *hominum*
zu *honestissimorum,* wie §. 79 und
§. 61.

in impiorum — sedem, durch die
Worte am Ende von §. 76 veran-
lasst; *parricidarum,* sc. patriae, s.
§. 6. Vgl. p. Cluent §. 171: *a libe-*

igitur illud firmissimum praesidium pudoris? quo in loco nobis vita
ante acta proderit? quod ad tempus existimationis partae fructus
reservabitur, si in extremo discrimine ac dimicatione fortunae deseret, si non aderit, si nihil adiuvabit?

78   78. Quaestiones nobis servorum accusator ac tormenta minitatur.
In quibus quamquam nihil periculi suspicamur, tamen illa tormenta
gubernat dolor, moderátur natura cuiusque quum animi tum corporis, regit quaesitor, flectit libido, corrumpit spes, infirmat metus,
ut in tot rerum angustiis nihil veritati loci relinquatur. Vita P.
Sullae torqueatur; ex ea quaeratur, num quae occultetur libido,
num quod lateat facinus, num quae crudelitas, num quae audacia.
Nihil erroris erit in causa nec obscuritatis, iudices, si a vobis vitae
perpetuae vox, ea quae verissima et gravissima debet esse, audietur.

79 79. Nullum in hac causa testem timemus; nihil quemquam scire,
nihil vidisse, nihil audisse arbitramur. Sed tamen, si nihil vos P.
Sullae fortuna movet, iudices, vestra moveat. Vestra enim, qui cum
summa elegantia atque integritate vixistis, hoc maxime interest, non
ex libidine aut simultate aut levitate testium causas honestorum
hominum ponderari, sed in magnis disquisitionibus repentinisque
periculis vitam unius cuiusque esse testem. Quam vos, iudices,
nolite armis suis spoliatam atque nudatam obiicere invidiae, dedere

rum *Poenis* actum esse praecipitem
in *sceleratorum sedem ac regionem*.

si in — deseret. Die Lesart ist
unsicher. Der Irrthum einer Hs.
si non hat zu der Conjectur: *si non
deserviet* geführt.

§. 78. *Quaestiones servorum,* s.
Einl. 11, 2 und Anm. 33. Cicero
knüpft den *locus communis contra
quaestiones* an das *probabile ex vita*
an, um die Zuverlässigkeit dieses
Beweises auf Kosten erzwungener
Aussagen zu heben.

minitatur. Das peinliche Verhör der Sklaven fand, wie die *inter-
rogatio testium* überhaupt, erst
nach der *actio*, d. h. den Reden
beider Parteien statt.

tamen illa, s. zu §. 22. Zur ganzen Stelle vgl. ad Heren. II §. 10:
*contra quaestiones hoc modo dice-
mus: primum — —; deinde dolori
credi non oportere, quod alius alio
recentior sit in dolore, quod inge-
niosior ad eminiscendum, quod denique saepe scire aut suspicari
possit, quid quaesitor velit audire,
quod quum dixerit, intelligat sibi
finem doloris futurum.*

quaesitor, i. e. qui praeest quae-
stioni. Quintil. I. O. V, 4, 2: *sive
iam erit habita* (quaestio, plurimum
intererit,) *quis ei praefuerit, quis
et quomodo sit tortus.*

libido, sc. quaesitoris. In seinem
Ermessen stand, wie weit die Fol-
terung fortgesetzt werden sollte.

spes praemiorum, wie Freiheit,
auch Geldbelohnung, Sall. Cat. 30,
6; *metus* supplicii. Zu den letzten
Gliedern ist aus *tormenta* als Object *eorum animos qui torquentur*
zu entnehmen.

tot rerum ersetzt ein Adjectiv.

verissima. Dazu denke *est* aus
debet esse; vgl. §. 10.

§. 79. *vestra moveat,* insofern
auch sie einmal ein gleiches Schicksal treffen kann.

Vestra — qui, wie *nostra qui*
§. 80.

elegantia hier mit *integritas* gepaart, wie mit *munditia* ad Fam.
IX, 20, 2: *qua munditia homines!
qua elegantia!* Vgl. auch Cat. M.
§. 13: *pure atque eleganter actae
aetatis,* und *elegantia verborum,
sermonis,* 'Lauterkeit'.

suspitioni. Munite communem arcem bonorum, obstruite perfugia improborum; valeat *et* ad poenam et ad salutem plurimum, quam solam videtis ipsam ex sua natura facillime perspici, subito flecti fingique non posse.

XXIX. 80. Quid vero? haec auctoritas — semper enim 80 est de ea dicendum, quamquam a me timide modiceque dicetur —, quid, inquam, haec auctoritas nostra, qui a ceteris coniurationis causis abstinuimus, P. Sullam defendimus, nihil hunc tandem iuvabit? Grave est hoc dictum fortasse, iudices; grave, si appetimus aliquid; si, quum ceteri de nobis silent, non etiam nosmet ipsi tacemus, grave: sed si laedimur, si accusamur, si in invidiam vocamur, profecto conceditis, iudices, ut nobis libertatem retinere liceat, si minus liceat dignitatem. 81. Accusati sunt uno nomine consu- 81 lares, ut iam videatur honoris amplissimi nomen plus invidiae quam · dignitatis adferre. 'Adfuerunt', inquit, 'Catilinae, illumque laudarunt.' Nulla tum patebat, nulla erat cognita coniuratio; defendebant amicum, aderant supplici, vitae eius turpitudinem in summis eius periculis non insequebantur. Quin etiam parens tuus, Torquate, consul reo de pecuniis repetundis Catilinae fuit advocatus, improbo homini, at supplici, fortasse audaci, at aliquando amico. Cui quum adfuit post delatam ad eum primam illam coniurationem,

---

arcem bonorum, i. e. vitam unius cuiusque; *perfugia improborum,* i. e. testimonia incerta, falsa.

valeat: Das Subject ergibt der Zusammenhang; nur eine Hs. setzt *vita* hinter *salutem* ein.

subito flecti fingique, wie die Aussagen eines Gefolterten; vgl. auch §. 69.

XXIX. Zuletzt wirft Cicero noch sein persönliches Gewicht für Sulla in die Wagschale, mit der kräftigsten Versicherung, dass er während seines Consulats nichts gegen ihn vernommen habe. Im Uebergange weist er einen Angriff des Gegners auf alle oder doch fast alle Consulare zurück.

§. 80. *auctoritas,* wie §. 2, 10 und öfters; *semper* ist nicht zu urgiren, wie unser 'immer wieder'.

nostra, qui — ist kein Beleg dafür, dass Cicero in Reden von sich im Plural spricht; s. §. 81 und vgl. §. 5 f.

Grave, i. e. molestum, anstössig', steht anfangs anaphorisch, dann chiastisch; vgl. §. 12.

si appetimus aliquid, sc. nobis, s.

§. 84, nämlich persönliche Anerkennung.

de nobis silent, i. e. nos non laedunt.

§. 81. *uno nomine,* s. zu §. 21.

Adfuerunt Catilinae, in den beiden nachher erwähnten Processen. Daraus folgert der Gegner, dass auf das Zeugniss der Consulare wenig zu geben sei. Cicero parirt: wenigstens in dem ersten der beiden Processe habe doch auch des Torquatus Vater dem Catilina beigestanden.

patebat, erat cognita, wie im J. 63 und 62; s. Einl. 6 Anm. 20.

non insequebantur, wie ad Att. X, 1, 4: *quam eius iniuriam non insequor,* i.e. praetermitto, negligo.

de pecuniis rep. Im J. 65 unter dem Consulat des Torquatus und Cotta (s. Einl. 3 Anm. 10) wurde Catilina wegen Erpressungen aus Afrika, wo er im J. 67 Proprätor gewesen war, angeklagt, aber freigesprochen.

post delatam ad eum pr. c., nicht *ad se,* wie bei ausgebildetem Nebensatze, vgl. p. Milon. §. 39: *ipse*

indicavit se audisse aliquid, non credidisse. 'At idem non adfuit
alio in iudicio, quum adessent ceteri'. Si postea cognorat ipse aliquid, quod in consulatu ignorasset, ignoscendum est iis, qui postea
nihil audierunt; sin illa res prima valuit, num inveterata quam recens debuit esse gravior? Sed si tuus parens etiam in ipsa suspitione periculi sui tamen humanitate adductus advocationem hominis
improbissimi sella curuli atque ornamentis et suis et consulatus
honestavit, quid est quam ob rem consulares, qui Catilinae adfuerunt,
82 reprehendantur? 82. 'At iidem iis, qui ante hunc causam de coniuratione dixerunt, non adfuerunt'. Tanto scelere astrictis hominibus sta-
tuerunt nihil a se adiumenti, nihil opis, nihil auxilii ferri oportere.
Atque ut de eorum constantia atque animo in rem publicam dicam,
quorum tacita gravitas et fides de uno quoque loquitur neque cuiusquam ornamenta orationis desiderat, potest quisquam dicere, umquam meliores, fortiores, constantiores consulares fuisse quam his
temporibus et periculis, quibus paene oppressa est res publica?
Quis non de communi salute optime, quis non fortissime, quis non
constantissime sensit? Neque ego praecipue de consularibus dis-
puto; nam haec et hominum ornatissimorum, qui praetores fuerunt, et universi senatus communis est laus, ut constet, post hominum memoriam numquam in illo ordine plus virtutis, plus amoris
in rem publicam, plus gravitatis fuisse: sed quia sunt descripti con-

*cunctae Italiae cupienti et eius fi-
dem imploranti signum dedit.* Zu
primam vgl. *maximae* §. 13.

alio in iudicio. Im J. 64 wurde
Catilina als Vollstrecker der Sullanischen Proscriptionen *inter sica-
rios* angeklagt, aber wieder freigesprochen.

illa res prima, d. h. seine Betheiligung an der ersten Verschwörung.

inveterata . . gravior: denn, wie
Cicero Tusc. IV §. 81 sagt: *inve-
teratio autem, ut in corporibus,
aegrius depellitur quam perturbatio.*

advocationem, 'Beistandschaft'
im concreten Sinne, wie p. Caecin.
§. 43: *et, quod exercitus armatos
movet, id advocationem togatorum
non videbitur movisse?*

sella curuli etc. Hieraus sieht
man, dass Magistrate als Beistand
vor Gericht in voller Amtstracht
erschienen und mitten unter den
subsellia der übrigen (s. §. 5) auf
ihrem Amtsstuhl sassen.

et suis, d. h. seiner persönlichen

Würdigkeit, die ein altes Geschlecht
und berühmte Ahnen erhöhten.

§. 82. *At iidem iis —*, s. §. 6.
Damit wird ihnen, wie Cicero §. 10,
inconstantia vorgeworfen; deshalb
hebt dieser in seiner Erwiederung
gerade ihre *constantia* hervor.

tacita loquitur, 'auch ohne Worte', wie in Cat. I §. 18, ein s. g.
ὀξύμωρον, d. h. Zusammenstellung
scheinbar conträrer Begriffe. Der
Genitiv *cuiusquam* hängt von *orationis* ab; vgl. §. 2.

his temporibus, den eben vergangenen. Die Hss. schwanken, wie
gewöhnlich, in den Formen *his*
und *iis*.

optime, Emendation der hs. L.
apertissime. Die vorigen drei Glieder *meliores*, *fortiores*, *constantiores* werden in gleicher Folge
wiederholt, wie noch einmal mit
einiger Variation durch *plus virtutis*, *plus amoris* etc. Zu *sensit*
vgl. §. 25.

descripti, i. e. designati, doch
mit schlimmem Nebensinn; daher
auch der Zusatz Phil. II §. 113:

sulares, de his tantum mihi dicendum putavi, quod satis esset ad testandam omnium memoriam, neminem esse ex illo honoris gradu, qui non omni studio, virtute, auctoritate incubuerit ad rem publicam conservandam. XXX. 83. Sed quid? ego, qui Catilinam non 83 laudavi, qui reo Catilinae consul non adfui, qui testimonium de coniuratioe dixi in alios, adeone vobis alienus a sanitate, adeo oblitus constantiae meae, adeo immemor rerum a me gestarum esse videor, ut, quum consul bellum gesserim cum coniuratis, nunc eorum ducem servare cupiam, et in animum inducam, cuius nuper ferrum rettuderim flammamque restinxerim, eiusdem nunc causam vitamque defendere? Si medius fidius, iudices, non me ipsa res publica, meis laboribus et periculis conservata, ad gravitatem animi et constantiam sua dignitate revocaret, tamen hoc natura est insitum, ut, quem timueris, quicum de vita fortunisque contenderis, cuius ex insidiis evaseris, hunc semper oderis. Sed quum agatur honos meus amplissimus, gloria rerum gestarum singularis, quum, quotiens quisque est in hoc scelere convictus, totiens renovetur memoria per me inventae salutis, ego sim tam demens, ego committam, ut ea, quae pro salute omnium gessi, casu magis et felicitate a me quam virtute et consilio gesta esse videantur?

ista tua minime avara coniunx, quam ego sine contumelia describo.

tantum — quod, 'nur soviel als', wie Tusc. V §. 91: *iis adposuit tantum, quod satis esset, nullo adparatu.*

XXX. Nun geht Cicero auf sich insbesondere über.

§. 83. *non laudavi,* wie die übrigen Consulare; *consul non adfui,* wie des Torquatus Vater. Schon bei den Alten war es strittig, ob Cicero die Vertheidigung des Catilina in seinem Repetundenprocess wirklich geführt hat, wie er es anfangs beabsichtigte (ad Att. I, 2, 1). Der Historiker Fenestella behauptete, Ciceros Erklärer Asconius bestritt es (ad or. in toga cand. p. 85 Or.). Diese Stelle entscheidet nicht; denn möglichenfalls hat er sich durch den Zusatz *consul* vor einer offenbaren Unwahrheit gedeckt.

in animum inducam, 'ich sollte es mir einfallen lassen', von Cicero vielleicht nur hier gesagt und darum verdächtigt; öfters *animum inducere.*

rettuderim, wie in Cat. III §. 2: *iidemque gladios in rem p. destrictos rettudimus mucronesque eorum a iugulis vestris deiecimus.* In dieser Zusammenstellung mit *deiecimus* = avertimus bedeutet *retundere* wohl nicht 'abstossen, abstumpfen', sondern 'zurückstossen, zurückdrängen'.

quotiens quisque, 'alle Male, so oft einer', wie Caes. b. G. V, 34: *quotiens quaeque cohors procurrerat.* A. L. qu. quisquam.

in hoc scelere, wie de Inv. II §. 32: *si quo in pari ante peccato convictus sit.*

inventae salutis, wie *salutem amittere* (§. 87), *petere, quaerere.*

casu magis et felicitate, wie es scheinen könnte, wenn er ohne feste Grundsätze und Consequenz verführe. So spricht Cicero hier und an anderen Stellen in dem Bewusstsein, dass der Zufall ihn wenigstens sehr begünstigt hatte, indem er ihm durch die Unbesonnenheit der Verschworenen und den Verrath der Allobrogen schriftliche Beweise in die Hände spielte.

84 84. 'Quid ergo? hoc tibi sumis', dicet fortasse quispiam, 'ut, quia tu defendis, innocens iudicetur?' Ego vero, iudices, non modo mihi nihil adsumo, in quo quispiam repugnet, sed etiam, si quid ab omnibus conceditur, id reddo ac remitto. Non in ea re publica versor, non iis temporibus caput meum obtuli pro patria periculis omnibus, non aut ita sunt exstincti quos vici, aut ita grati quos servavi, ut ego mihi plus appetere coner, quam quantum omnes inimici invidique patiantur.

85 85. Grave esse videtur, eum qui investigarit coniurationem, qui patefecerit, qui oppresserit, cui senatus singularibus verbis gratias egerit, cui uni togato supplicationem decreverit, dicere in iudicio: 'Non defenderem, si coniurasset'. Non dico id, quod grave est: dico illud, quod in his causis coniurationis non auctoritati adsumam, sed pudori meo: 'Ego ille coniurationis investigator atque ultor certe non defenderem Sullam, si coniurasse arbitrarer'. Ego, iudices, de tantis omnium periculis quum quaererem omnia, multa audirem, crederem non omnia, caverem omnia, dico hoc, quod initio dixi, nullius indicio, nullius nuntio, nullius suspitione, nullius litteris de P. Sulla rem ullam ad me esse delatam.

86 XXXI. 86. Quam ob rem vos, di patrii ac penates, qui huic urbi atque huic rei publicae praesidetis, qui hoc imperium, qui hanc libertatem, qui populum Romanum, qui haec tecta atque templa me consule vestro numine auxilioque servastis, testor integro me animo ac libero P. Sullae causam defendere, nullum a me sciente facinus occultari, nullum scelus susceptum contra salutem

---

§. 84. *in quo* mit verschwiegenem Dativ der Person; vgl. Plin. ep. VII, 14: *patiaris me in hoc uno tibi repugnare.*

si quid — conceditur. Was dies ist, zeigt der Anfang des §. 85 im Vergleich mit §. 40 und §. 86.

Non in ea re p. versor, vgl. §.28.

§. 85. *Grave*, wie §. 80.

gratias egerit. Aus dem Senatsbeschluss, der am 3. December 63 nach der Verhaftung der Verschworenen gefasst wurde, berichtet Cicero in Cat. III. §. 14: *Primum mihi gratiae verbis amplissimis aguntur, quod virtute, consilio, providentia mea res p. maximis periculis sit liberata.*

togato, im Friedenskleide, *supplicationem*, ein Dankfest, s. in Cat. III §. 15: *Atque etiam supplicatio dis immortalibus pro singulari eorum merito meo nomine decreta est, Quirites, quod mihi primum post*

hanc urbem conditam togato contigit.

Non dico, ohne conclusive Partikel.

coniurasse arbitrarer. In diesem Ausdruck zeigt sich insofern Bescheidenheit (*pudor*, synon. *modestia* §. 62), als er die Möglichkeit offen lässt, dass Sulla ohne Wissen des Cicero an der Verschwörung sich doch betheiligt hat. Damit aber diese Möglichkeit nicht gar gross erscheine, setzt Cicero das Folgende hinzu.

initio dixi, s. §. 14, 17, 20.

XXXI. §.86. *di patrii ac penates*, Nationalgötter und Schutzgötter des Staates. Wie öfters, ist Genus und Species verbunden.

praesidetis, schützend, wie in Cat. IV §. 3: *omnes deos, qui huic urbi praesident.*

integro animo ac libero, d. h. unbefangen und durch keine Rück-

omnium defendi ac tegi. Nihil de hoc consul comperi, nihil suspicatus sum, nihil audivi. 87. Itaque idem ego ille, qui vehemens in alios, 87 qui inexorabilis in ceteros esse visus sum, — persolvi patriae quod debui, reliqua iam a me meae perpetuae consuetudini naturaeque debentur, — tam sum misericors, iudices, quam vos, tam mitis quam qui lenissimus. In quo vehemens fui vobiscum, nihil feci nisi coactus; rei publicae praecipitanti subveni, patriam demersam extuli; misericordia civium adducti tum fuimus tam vehementes quam necesse fuit. Salus esset amissa omnium una nocte, nisi esset severitas illa suscepta. Sed ut ad sceleratorum poenam amore rei publicae sum adductus, sic ad salutem innocentium voluntate deducor.

88. Nihil video esse in hoc P. Sulla, iudices, odio dignum, 88 misericordia digna multa. Neque enim nunc propulsandae calamitatis suae causa supplex ad vos, iudices, confugit, sed ne qua generi ac nomini suo nota nefariae turpitudinis inuratur. Nam ipse quidem, si erit vestro iudicio liberatus, quae habet ornamenta, quae solacia reliqua vitae, quibus laetari ac perfrui possit? Domus erit,

sicht gebunden, also nach bestem Wissen und Gewissen; vgl. de Fin. I §. 30: *ipsa natura incorrupte atque integre iudicante.*

§. 87. *Itaque.* Durch ähnliche Gedanken, wie schon §. 8 ausgesprochen, gewinnt Cicero den Uebergang zur *commiseratio* §. 88 ff. Die Periode ist — absichtlich oder zufällig? — aufgelöst; denn der zu *idem ego ille qui vehemens* — gehörige Gegensatz *tam sum misericors* folgt erst nach einigen Zwischensätzen.

in alios, in ceteros, s. §. 5.

quam qui lenissimus, s. d. Gram.

In quo vehemens nach *in alios* mit verschiedener Auffassung, s. zu §. 17.

vobiscum, den Richtern als Repräsentanten des Senats, der Cicero bevollmächtigt, und der übrigen Stände, die einmüthig zugestimmt hatten; s. in Cat. IV §. 15.

misericordia civium. Dass Härte gegen den Einzelnen der Gesammtheit gegenüber Milde und Menschenfreundlichkeit sein kann, führt Cicero in Cat. IV c. 6 aus; darunter §. 11: *ego quod in hac causa vehementior sum, non atrocitate animi moveor — quis est enim me mitior? — sed singulari quadam humanitate et misericordia.*

una nocte, in der Nacht der Saturnalien am 19. December; s. zu §. 3.

voluntate, d. h. natürliche Neigung; vgl. §. 8: *voluntas et natura ipsa.*

§. 88. Es beginnt die *peroratio* (ἐπίλογος) in Form einer *commiseratio,* über welche Quintil. VI, 1, 23: *Haec petetur aut ex iis, quae passus est reus, aut ex iis, quae quum maxime patitur, aut ex iis, quae damnatum manent; quae et ipsa duplicantur, quum dicimus, ex qua illi fortuna et in quam recidendum sit.* Man vergleiche Ciceros Durchführung.

Neque enim nunc, wie in dem früheren Processe *de ambitu.*

quae habet: Unnöthig scheint die Emendation *habebit;* denn Cicero spricht von einem gegenwärtigen Zustande, der sich wohl im Fall der Verurtheilung verschlimmern, bei Lossprechung aber nur fortbestehen kann. Die meisten Hss. verbinden *reliquae vitae;* aber *habet reliqua* wird in §. 89 durch *quid enim est huic reliqui* wiederholt. Vgl. *reliquum habeo* ad Fam. IX, 15, 2.

Domus erit etc., s. Einl. 3 Anm. 9. Die im Atrium in Schränken (daher *aperire*) aufgestellten Wachs-

credo, exornata, aperientur maiorum imagines, ipse ornatum ac
vestitum pristinum recuperabit. Omnia, iudices, haec amissa sunt;
omnia generis, nominis, honoris insignia atque ornamenta unius
iudicii calamitate occiderunt. Sed ne exstinctor patriae, ne proditor,
ne hostis appelletur, ne hanc labem tanti sceleris in familia relinquat, id laborat, id metuit; ne denique hic miser coniurati et con-
scelerati et proditoris filius nominetur. Huic puero, qui est ei vita
sua multo carior, metuit, cui honoris integros fructus non sit tradi-
89 turus, ne aeternam memoriam dedecoris relinquat. 89. Hic vos
orat, iudices, parvus, ut se aliquando, si non integra fortuna, at ut
adflicta patri suo gratulari sinatis. Huic misero notiora sunt itinera
iudiciorum et fori quam campi et disciplinarum. Non iam de vita
P. Sullae, iudices, sed de sepultura contenditur: vita erepta est
superiore iudicio; nunc ne corpus eiiciatur, laboramus. Quid. enim
est huic reliqui, quod eum in hac vita teneat? aut quid est, quam
ob rem haec cuiquam vita videatur? XXXII. Nuper is homo fuit
in civitate P. Sulla, ut nemo ei se neque honore neque gratia neque fortunis anteferret: nunc spoliatus omni dignitate, quae erepta
sunt, non repetit; quod fortuna in malis reliqui fecit, ut cum parente, cum liberis, cum fratre, cum his necessariis lugere suam
90 calamitatem liceat, id sibi ne eripiatis, vos, iudices, obtestatur. 90.
Te ipsum iam, Torquate, expletum huius miseriis esse par erat.
Etsi nihil aliud Sullae nisi consulatum abstulissetis, tamen eo con-
tentos vos esse oportebat; honoris enim contentio vos ad causam, non
inimicitiae deduxerunt. Sed quum huic omnia cum honore detracta
sint, quum in hac fortuna miserrima ac luctuosissima destitutus

masken der Vorfahren wurden an
Fest- und Freudentagen mit Lor-
beer gekränzt und zur Schau gestellt.

hic miser, der junge Sohn des
Angeklagten; vgl. Einl. 12 vor
Anm. 41.

Huic puero. Zur Stellung vgl.
§. 66.

integros, ungeschmälert. Cicero
denkt an die Folgen der ersten Verurtheilung.

§. 89. *at ut* mit nachdrücklicher
Wiederholung der Partikel nach
einem Zwischengliede, wie §. 41.

iudiciorum et fori, s. §. 49; es
folgt symmetrisch, aber mit chia-
stischer Stellung *campi et disciplinarum.* Das Marsfeld war der Ue-
·bungsplatz der römischen Jugend,
s. Horat. Carm. I, 8; darauf be-
ziehe *disciplinarum.*

vita erepta est, durch *capitis deminutio*, s. Einl. 3 nach Anm. 9;
ne corpus eiiciatur, durch *aquae
et ignis interdictio*, s. Einl. 11
a. E.

Quid — reliqui, mit Unterord-
nung des Prädicatsnomens, wie de
Fin. II §. 101: *quum reliqui nihil
sit omnino.* Vgl. auch im Folgenden
quod — reliqui fecit und das häufige *nihil reliqui facere.*

XXXII. *cum parente*, der Mutter; *cum liberis*, dem §. 88 erwähnten Sohn und einem Stiefsohn Memmius, *cum fratre*, s. c. 22 und Einl.
13 Anm. 47.

§. 90. *vos*, Vater und Sohn, wie
§. 49.

destitutus, i. e. omnibus ornamentis detractis constitutus; vgl.

sit, quid est quod expetas amplius? Lucisne hanc usuram eripere vis, plenam lacrimarum atque maeroris, in qua cum maximo cruciatu ac dolore retinetur? Libenter reddiderit, adempta ignominia foedissimi criminis. An vero inimicum ut expellas? cuius ex miseriis, si esses crudelissimus, videndo fructum caperes maiorem quam audiendo. 91. O miserum et infelicem illum diem, quo 91 consul omnibus centuriis P. Sulla renuntiatus est! o falsam spem! o volucrem fortunam! o caecam cupiditatem! o praeposteram gratulationem! quam cito illa omnia ex laetitia et voluptate ad luctum et lacrimas reciderunt, ut, qui paullo ante consul designatus fuisset, repente nullum vestigium retineret pristinae dignitatis! Quid enim erat mali, quod huic spoliato fama, honore, fortunis deesse videretur? aut cui novae calamitati locus ullus relictus esse? Urget eadem fortuna, quae coepit; repperit novum maerorem; non patitur hominem calamitosum uno malo adflictum uno in luctu perire.

XXXIII. 92. Sed iam impedior egomet, iudices, dolore animi, 92 ne de huius miseria plura dicam. Vestrae sunt iam partes, iudices; in vestra mansuetudine atque humanitate causam totam repono. Vos reiectione interposita, nihil suspicantibus nobis, repentini in nos iudices consedistis, ab accusatoribus delecti ad spem acerbitatis, a fortuna nobis ad praesidium innocentiae constituti. Ut ego, quid de me populus Romanus existimaret, quia severus in improbos fueram, laboravi et, quae prima innocentis mihi defensio est oblata, suscepi: sic vos severitatem iudiciorum, quae per hos menses in homines audacissimos facta sunt, lenitate ac misericordia mitigate. 93. Hoc quum a vobis impetrare causa ipsa debet, tum est vestri 93 animi atque virtutis declarare, non esse eos vos, ad quos potissimum interposita reiectione devenire convenerit. In quo ego vos,

p. Caec. §. 93: *nudum in causa destitutum*.

Lucisne hanc usuram. Lambin emendirte *huius*, wie p. C. Rab. Post. §. 48 *usuram huius lucis;* aber es ist dieselbe Attraction, wie in §. 77 *ex hoc amicorum numero.*

reddiderit für *reddet* mit dem Nebensinn 'sofort, unverzüglich', s. d. Gramm.

ut expellas, sc. in exsilium, schliesst sich an das entferntere *expetas* an.

cuius ex miseriis für *at eius*, s. §. 21.

§. 91. *caecam cupiditatem*, weil die begehrte Ehre ihm Unglück gebracht hat.

relictus esse. Ergänze *videbatur* aus *videretur*, s. zu §. 10. Die meisten Hss. geben mit Verkennung der Construction *esset*.

XXXIII. Aufforderung durch Freisprechung Milde zu üben.

§. 92. *Vos reiectione interposita.* Verschiedene Auslegungen dieser Stelle s. in Einl. 11 Anm. 35 und 36.

laboravi mit abhängigem Fragesatz = sollicitus fui, wie ad Fam. III, 12, 3: *vides sudare me iam dudum laborantem, quomodo ea tuear.*

suscepi ohne Object, weil das zu beiden Theilen gehörige *prima defensio* in den vorausgehenden Relativsatz hineingezogen ist, wie Liv. I, 1, 9: *et in quem primum egressi sunt locum, Troia vocatur.*

§. 93. *devenire,* zum Geringeren,

iudices, quantum meus in vos amor postulat, tantum hortor, ut communi studio, quoniam in re publica coniuncti sumus, mansuetudine et misericordia nostra falsam a nobis crudelitatis famam repellamus.

Schlechtern hinabgerathen, wie p. Muren. §. 29: *videmus, qui oratores evadere non potuerint, eos ad iuris studium devenire.* So auch *delabi* und *defluere* Lael. §. 76: *iam enim a sapientium familiaritatibus ad vulgares amicitias oratio nostra delabitur,* und §. 100: *ab amicitiis perfectorum hominum . . . ad leves amicitias defluxit oratio.*

communi studio gehört vielleicht eher mit Tilgung des Kommas zu *coniuncti sumus,* nämlich als politische Gesinnungsgenossen.

Kritischer Anhang.

Dass der Text der Rede pro P. Sulla durch die von Halm neu verglichenen Handschriften viel gewonnen hat, ist wohl einstimmiges Urtheil; aber welcher unter diesen wieder der Preis gebührt, darüber gehen die Meinungen auseinander. Halm selbst bevorzugt die Tegernseeer, und ihm folgt im Ganzen Kayser; Klotz, dessen Text dem meinigen zum Grunde liegt, neigt sich mehr zu der Vaticanischen und der Erfurter, die nur in Fragmenten erhalten sind. Ich betrachte jede Abweichung einer einzelnen Handschrift bei Einstimmigkeit der übrigen mit einem gewissen Misstrauen und suche, ehe ich sie aufnehme, nach einem zureichenden Grunde, habe darum öfters von Klotz, zuweilen auch von Halm abweichen müssen, doch meistens nur in untergeordneten Dingen, Wortstellung z. B., die einzeln hier aufzuzählen mir unnöthig scheint. Ich erwähne nur solche Stellen, wo ich mit keinem jener Kritiker übereinstimme, ausserdem neue Emendationen, die ich in den Text von Klotz eingesetzt habe, und bespreche endlich noch manches mir zweifelhafte, worauf ich die Aufmerksamkeit zu lenken wünsche.

§. 1. *in* hat Ernesti getilgt. §. 15. *Autronii fuit* C. *fuit Autronii* Schol. Bob. ich weiss nicht warum von Halm bevorzugt. §. 30. *P. Lentuli* hat Garatoni, *de Lentulo* Halm als Glossem bezeichnet; für das letztere ist *Lentuli, P. Lentuli* a. L. §. 31. [*id*] Ernesti. §. 33. *attende* TV, *attende iam* R. Der Ausfall war leicht möglich, zum Zusatz sehe ich keinen Grund. §. 35. *me* vor *meus* hat Orelli eingesetzt. Kurz vorher möchte ich *ille tota illa oratione* in *tota ille oratione* umschreiben und *initio* tilgen. *ut initio dixi* TV, *initio* om B, initio ut dixi R. §. 39. *in indiciis et in quaestionibus.* Diese Stellung geben, wenn auch mit anderen Irrthümern, alle Handschriften. *in quaestionibus et indiciis* Schol. Bob. *Atque* TV, *atqui* R. §. 42. *Quid? deinde quid feci?* Diese Interpunction verdanke ich Huldrich. §. 44. *non mecum aut cum familiari meo questus es?* Wenn ich auch Halms Erklärung 'bei einem meiner Freunde' aufgenommen habe, so bezweifele ich doch deren Richtigkeit und wiederhole einen mit Benutzung einer Conjectur von Cobet schon früher gemachten Verbesserungsvorschlag: *ut cum familiari tuo.* Nur dadurch erhält das folgende Glied die richtige Steigerung. Zu *ut* vgl. z. B. ad Att. I, 5, 2: *eas litteras ad eum misi, quibus et placarem ut fratrem et monerem ut minorem et obiurgarem ut errantem.* §. 45.